나의 이탈리아 인문 기행

서경식 지음 · 최재혁 옮김

나의 이탈리아 인문 기행

반비

슈트케이스가 또 망가졌다. 이번이 두 번째다. 2006년 독일 뒤셀도르프에 머물던 때 구입했던 가방이다. 2016년 3월 코스타리카와 미국을 한 달 가까이 여행하면서 그 부담을 견뎌내지 못한 것이다. 『나의 서양 미술 순례』(박이엽 옮김, 창비, 1992년)의 계기가 되었던 1983년 유럽 여행 이후, 나는 세계 이곳저곳을 여행하며 돌아다녔으니 슈트케이스처럼 나 역시 슬슬 사용기한이 다해가고 있는지도 모르겠다. 그럼에도 여행지에서 보았던 미술 작품과 들었던 음악, 읽은 책과 만난 사람들에 대한 흥미는 수그러들지 않고 이들에 대해 이야기하고 싶은 '욕망' 역시 잦아들지 않는 듯하다.

이 책은 비교적 최근에 다녔던 여행에서 보고 들은 것을 묶어낸 기행문이다. 2014년 봄에 있었던 이탈리아 여행에서 시작한다. 미술과 음악을 중심으로 한 이야기지만 시대나 인간과 관련된 주제라면 무엇이라도 내 나름의 느낌과 생각을 독자와 더불어 나누고 싶은 마음이다.

책의 제목에 '인문 기행'이라는 말을 넣은 이유는 언제나 나의 여행 경험이 요즘은 그다지 인기가 없는 '인문학'적인 질문과 떨어질 수 없는 까닭이다. 나의 바람은 '인문학'적인 정신을, 과거 그대로 복고하는 것이 아니라 오늘이라는 시대의 요청에 따라 재건하는 것이다. 이것이 우리가 살아가고 있는 이 시대가 처한 위기를 자각하고 이를 뛰어넘기 위해 없어서는 안 되는 행위라고 믿기 때문이다. '사용 기한'이 다 되어가는 내가 이러한 요청에 부응할 수 있을지 자신은 없지만, 이를 위한 질문만이라도 힘껏 남기고 싶은 생각이다.

이 책은 2016년 8월부터 2017년 10월까지 민음사의 격월간 문예지 《릿터》에 연재한 에세이를 묶은 것이다. 또 여기에 수록된 글 중 1장과 2장은 일본에서 발행 중인 잡지 《고코로》(vol. 21, 헤이본샤 2014년)에 실렸던 에세이와, 또 5장과 6장의 일부는 『내 서재 속 고전』 (한승동 옮김, 나무연필, 2015년)에 실린 에세이와 일부분 겹치는 내용이 있다는 점을 미리 알려둔다.

차례

1장

로마 I

구멍에 고개를 처박고 들여다보다

2014년 2월 21일, 오후 아홉 시 가까운 시각에 로마의 레오나르도 다 빈치 공항에 도착했다. 나리타 공항에서 출발하여 뮌헨을 경유한 긴 여정이었다. 꽤 낡은 느낌이 드는 공항의 수하물 집하장에는 미리 연락해둔 성실해 보이는 택시 운전사가 기다리고 있어서 조금 안심이 되었다.

여행을 떠나기 얼마 전인 2월 10일부터는 지바 대학에서 '디아스포라'를 주제로 한 집중 강의가 예정되어 있었다. 그중 하루는 프리모 레비Primo Levi(1919~1987)에 대해 이야기했다. 2월 8일부터 동일본 지역에서는 기록적인 폭설로 교통에 큰 혼란이 생겼다. 그래도 9일 지바 시로 향했고 F(나의 배우자)는 볼 일이 있어 오사카로 떠났다. 평소보다 시간이 몇 배나 걸려 도착해보니 지바 거리도 온통 눈으로 뒤덮여 있었다. 호텔 밖에서 가볍게 저녁 식사를 마치고 돌아왔지만 다리가 후들거리며 어지러워 호텔 방에서 심하게 토했다. 예전에 한국에서 머물 때 일과성 뇌허혈증으로 응급실에 실려 간 적이 있었다. 재발했나 하는 생각이 들었다. 구급차나 택시를 부르려고 해도 폭설로 자동차가 움직일 수 없었다. F에게 전화를 걸까도 생각했지만 오사카에 있기 때문에 연락한다

리소르지멘토 광장.

한들 쓸데없이 걱정만 끼칠 뿐이었다. 밤새 구토를 반복하다가 '이렇게 인생을 마치는 걸까……'라는 생각과 함께 아침을 맞았다. 기분은 의외로 차분했다.

어쨌건 집중 강의를 취소할 수 없었기에 눈길을 비척비척 걸어 지바 대학으로 향했다. 다행히 진지하게 귀를 기울여준 학생들 덕분에 힘들게 강의를 한 보람이 있었다. 폭설 피해는 그 후로도 며칠 동안 이어졌고 몸 상태도 좀처럼 회복되지 않았다. 이번 여행은 그만두어야 할까 몇 번이나 망설이면서 불안감을 안은 채 이탈리아로 출발하게 되었다.

공항에서 택시를 타고 곧장 로마 시내에 위치한 리소르지멘토 광장 근처의 숙소로 향했다. 숙소라고 했지만 단기 임대 아파트라는 편이 어울리겠다. 나는 젊은 시절부터 히다카 로쿠로日高六郎 선생과 가깝게 지내왔는데 그 부인 되시는 노부코暢子 선생께 자주 혼나곤 했다.

"경식 군, 그렇게 땅바닥에 구멍을 파고서 들여다보기만 해선 안돼요."

그렇게 '구멍에 고개를 처박고 그곳만 들여다보는' 성향은 이 나이가 되어도 고쳐지지 않았다. 이번 여행 기간 내내, 마치 누군가가 마음 밑바닥에 뒤엉켜 있는 암흑을 '모두 토해버려!'라고 호

카라바조, 「병든 바쿠스」, 1593년경, 캔버스에 유채, 로마 보르게세 미술관.

소라도 하듯, 어떤 어두운 이야기의 플롯이 머릿속을 떠나지 않았다. 숙소에 도착한 후 나는 그대로 잠에 빠져들었다.

텔레비전 예능 프로그램에 자주 나오는, 조금 살집이 있는 코미디언이 나타나 우습지도 않은 농담을 연발하면서 아무리 뿌리치려 해도 집요하게 따라왔다. 더 이상 참지 못하고 덤벼들고 말았지만 내 주먹은 허공을 가를 뿐 상대방에게 한 대도 닿지 않았다. 뚱뚱한 코미디언은 밉살스러운 표정으로 그런 나를 비웃었다.

앗, 하고 큰 소리로 외치는 순간, F가 흔들어 깨웠다. "아, 여긴 로마였지……." 꿈이었다는 걸 깨닫고도 얼마간 시간이 지났다. 꿈치고는 잠에서 깬 후에도 현실감이 길게 꼬리를 물었다. 지바의 호텔에서 구토를 반복할 때의 감각이 아직도 남아 있었다. 침대에서 내려와 창문 커튼을 열었더니 바티칸의 외벽이 조명 아래에서 떠오르듯 보였다. 거리는 금세 비가 쏟아질 것처럼 어슴푸레했고 이 계절치고는 후텁지근했다.

이번 이탈리아 여행의 목적 중 하나는 토리노를 찾아 프리모 레비를 회상하기 위해서였지만, 먼저 로마로 들어온 또 다른 이유가 있었다. 바로 카라바조^{Michelangelo da Caravaggio}(1573~1610)다.

내가 처음 이탈리아를 여행한 것은 1983년이지만 그때는 피렌체를 건너뛰듯 훑어봤을 뿐이었다. 4년이 지난 1987년 5월에야

비토리오 데 시카 감독의 영화 「자전거 도둑」 속 로마 풍경.

처음 로마를 찾았다(바로 그해 프리모 레비가 자살했다는 사실은 나중에야 알게 되었다). 그 이후, 셀 수 없을 만큼 자주 이탈리아에 왔지만 로마에만은 들르지 않았다. 로마는 거의 27년만이었다. 27년 전이라면 한국의 군사독재 정권이 막바지에 접어들고 있던 해였다. 물론 '마지막'이라는 말은 지금에야 할 수 있을 뿐, 당시에는 그 암울한 나날이 영원히 계속될 것만 같았다. 그 와중에 나는 로마와 바르셀로나, 게다가 산티아고 데 콤포스텔라Santiago de Compostela를 둘러보는 여행을 떠났던 것이다. 대체 어떤 심경으로 그토록 사려 깊지 못하고 염치없다고까지 말할 법한 여행을 떠났는지, 이 이야기는 이전에도 썼던 적이 있어서 이번 글에는 반복하지 않으려 한다.(『나의 서양 미술 순례』 참조)

그 여행 도중 로마 일정을 마치고 바르셀로나로 향하는 테르미니 역 근처 버스 터미널에서 공항버스를 타려다가 소매치기를 당했다. 늘 신경 쓰고 있었지만 비행기 출발 시간 때문에 서둘렀고 양손 가득한 짐으로 여유마저 없던 탓에 눈 깜짝할 사이 주머니 속 지갑을 도둑맞았다. 황급히 뒤쫓아 갔지만 소매치기의 한패인 듯한 여성 몇 명이 알아듣지 못할 말로 소리치며 앞을 가로막았다. 꼼짝도 못한 채 '아, 비토리오 데 시카 감독의 영화 「자전거 도둑」에도 이런 비슷한 장면이 있었지……'라는 생각을 떠올리며

나는 재빠르게 나의 불운을 스스로에게 납득시켰다.

불행 중 다행이랄까, 여권 같은 귀중품은 다른 곳에 넣어두었기 때문에 그럭저럭 여행을 이어갈 수 있었다. 바르셀로나에서 산티아고로 가는 길에 알게 된 카푸친파 수도사에게 사정을 말하자 나를 딱하게 여긴 그는 "이 양반은 선한 순례자이니, 하룻밤 묵을 곳을 제공해주시기를 부탁합니다."라며 도중에 있는 어느 교회 앞으로 소개장까지 써줬다.

그때 수도사와 나눴던 대화 중 하나가 『신약성서』「요한복음」 20장에 등장하는 '의심 많은 토마스'에 관한 이야기였다. 수도사와의 만남은 나중에 그 주제를 그린 카라바조의 작품을 직접 보기 위해 포츠담의 상수시 궁전까지 찾게 만든 강한 동기가 되었다.(『고뇌의 원근법』, 박소현 옮김, 돌베개, 2005년 참조)

소매치기를 당한 경험이 무의식 속에 트라우마처럼 남았는지 이후 때때로 밀라노, 토리노, 베네치아를 비롯한 이탈리아의 여러 도시를 여행했지만 로마에만은 발길을 두지 않았다. "미켈란젤로의 시스티나 성당 벽화가 보고 싶어. 지금 아니면 죽을 때까지 기회가 오지 않을지도 몰라."라며 F가 이끌지 않았다면 이번 여행을 아예 나서지 않았을지도 모른다. F는 학생 때 시스티나 성당에 와본 적이 있었지만 단체 여행의 일행이 반바지 차림이어서

Roman Pantheon

Sistine Chapell

Palazzo Barberini, Galleria
Nazionale d'Arte Antica

Basilica di San Pietro in
Vaticano

Galleria Borghese

Chiesa di San Luigi dei francesi

Colosseo

입장할 수 없었다고 했다.

처음 로마를 방문하고 27년의 세월이 흐르는 동안 나에게는 많은 변화가 있었다. 그땐 예상을 못했지만 두 형은 살아서 출소했고 나는 글쟁이가 되어 대학에 직장도 얻었다. 전에는 언제나 혼자서 여행을 떠났지만 15년 정도 전부터는 F라는 동행도 생겼다. 나 개인에 관해서만 말하자면 1990년대 이후로는 점점 불만 없는 일상을 살고 있다고 해도 좋을 법하다. 하지만 내 마음은 예전이나 지금이나 평안을 찾지 못한다. 내가 이런 안정을 얻은 것은 단순한 우연과 행운의 덕이라는 의식, 과거 언젠가의 시점에 가혹하고 무참한 운명 속으로 떠밀렸더라도 하나도 이상할 게 없다는 생각, 레비식으로 말하자면, 좀 더 어울리는 다른 누군가를 대신해 내가 이 자리를 차지하고 있는 것은 아닐까 하는 생각이 집요하게 따라붙어 사라지지 않는다(실제 내가 아는 적지 않은 사람들이 참혹한 운명을 겪기도 했다). 무엇보다 여러 우연이 겹쳐진 결과로 나 자신은 30년가량의 세월을 이렇게 어려움 없이 살아가고 있지만 세상과 인간은 조금도 나아진 바 없다는 생각이 늦가을의 그림자처럼 하루하루 짙어지고 있는 것이다.

피렌체 우피치 미술관. 조르조 바사리가 설계한 건축물로
과거에는 행정부 기관과 길드의 사무실로 사용되었다.

메두사

카라바조의 작품을 실제로 처음 마주쳤던 곳은 30년 전 찾았던 피렌체의 우피치 미술관이었다. 무엇보다도 당시 나는 그 작품이 카라바조가 그렸다는 사실도, 심지어 카라바조가 누구인지조차 도 알지 못했다.

많은 관광객이 그랬듯 그저 수많은 아름다운 그림들, 예를 들면 보티첼리나 라파엘로의 작품을 보기 위해 우피치에 갔었다. 그러다가 회랑의 한쪽 구석에서 그 이상한 그림과 만났다. 나는 절망으로 가득 찬 서른세 살의 젊은이였다. 거울에 비친 자기 자신을 보는 듯한 기분으로 그 이상한 그림 앞에 한참을 서 있었다.

카라바조의 「메두사의 머리」라는 작품이었다. 메두사는 그리스 신화에 등장하는 괴물로 여성의 모습을 하고 있다. 이 괴물과 눈이 마주친 자는 이내 돌이 되어버린다. 그때 나는 카라바조가 그린 메두사와 눈을 마주쳐버렸다. 뿐만 아니라, 홀린 듯 꽤 긴 시간 동안 계속해서 그 눈을 응시했다. 돌로 변하지는 않았지만 그래도 그때의 만남은 이후 내 인생에서 뭐랄까, 돌이킬 수 없는 영향을 남긴 듯하다.

이 그림은 카라바조의 후원자였던 델 몬테 추기경이 마장마

카라바조, 「메두사의 머리」, 1598년경, 나무 테두리가 있는 캔버스, 피렌체 우피치 미술관.

술 시합용 방패를 장식하기 위해 주문해서 메디치 가문에 증정한 작품이다. 다니카와 아쓰시谷川灝는 이 작품에 대해 무시무시한 인상과는 달리 "정념과 감각에 대한 이성과 덕의 승리를 중요시했던 당시의 시대적 배경을 감안하면, 상징적인 부적으로 사용됐거나 결혼 축하용으로 증정했으리라 추측해볼 수 있다."고 서술했다.

알프레드 모이어Alfred Moir는 이 작품을 카라바조의 '실패작'으로 단정한다. 이유는 "주제가 매우 이교도적이라서 (……) 그가 자신의 이미지에 한결같이 부여했던 진실함을 이 작품을 통해 발휘할 수 없었을 것"이라고 밝혔다. 그런가 하면 조르조 본산티Giorgio Bonsanti는 "이 그림은 비할 바 없이 뛰어난 명작으로서 독창성이 풍부한 구상을 통해 주제를 다루는 힘이 있어 관람자의 뇌리에 강하게 남는다."라고 말하기도 했다. 물론 내 의견은 후자에 가깝다.

직경 60센티미터 정도의 원형 방패 모양으로 펼쳐진 캔버스에 묘사된 것은 참수된 메두사의 얼굴이다. 머리카락 대신 뱀으로 뒤덮인 머리, 사팔뜨기 느낌마저 드는 초점 안 맞는 눈을 부릅뜨고서, 벌린 입으로는 무언가 뜻도 없는 비명을 지르고 있는 듯하다. 절단된 목에서는 선혈이 치솟는다. 말 그대로 참수의 결정

잔 로렌초 베르니니, 「메두사」, 1630년경, 대리석, 로마 콘세르바토리 궁.

적 순간을 그렸다. 급속한 출혈로 인해 이 인물의 시야는 혼탁해질 테고 의식도 곧 흐릿해지리라. 반면에 뇌는 여전히 활동을 멈추지 않고 자신에게 덮친 운명을 명료하게 인식하고 있어서, 그 시선이 관람자인 있는 나를 사로잡아버린 것이다. 이런 그림이 이전에도 존재했을까.

원래 전설 속 메두사는 여성이지만 여기에 그려진 대상은 소년이다. 카라바조의 자화상이라는 설도 있다. 그렇다면 (현실적으로는 물론 모델을 앞에 두고 그림을 그렸겠지만) 목을 내려친 순간 자기의 표정을, 어떻게 자신의 눈을 통해 보고 그려낼 수 있었을까? 하물며 눈을 맞추면 돌이 되어버린다는 그런 대상을. 무엇보다 이렇게 무섭고도 처참한 자화상을 그리고자 했던 자는 대체 어떤 자의식을 지닌 사람이었을까?

여행을 마치고 일본으로 돌아와 이탈리아에서 본 아름다운 것들을 회고하려 할 때마다, 그 이상한 이미지가 떠올라 나를 위협했다. 막 잘려나간 목이 내지르는 금속성 섞인 외침이 언제나 귓가를 울렸다. 그 후로도 서양 각국의 미술관에서 카라바조의 작품을 많이 봐왔지만, 정작 로마는 오랫동안 찾아가지 못했다. 로마를 방문한 이상 나에게는 시스티나 성당의 미켈란젤로 Michelangelo(1475~1564)보다도 로마 시내 각지의 교회에 흩어져 있

1890년경 로마 테르미니 역.

는 카라바조야말로 지금이 아니면 죽을 때까지 볼 기회가 없을지
도 모르는 일이었다.

여자 사기꾼

로마에 도착한 다음 날, 먼저 테르미니 역으로 향했다. 우리는 로
마에서 머무른 뒤 페라라, 밀라노, 토리노로 올라갈 예정이었기
에 미리 기차표를 사둘 요량이었다. 테르미니 역은 예전에 소매치
기를 당한 장소이기도 해서 정신을 바짝 차렸다.

열차표를 파는 창구는 줄이 길어서 로비에 많이 마련된 승차
권 자동판매기 앞에 섰지만, 여행자가 다루기엔 쉽지 않았다. 기
계 앞에서 화면의 조작 방법을 읽고 있으니 어느새 어떤 할머니가
작은 여행 가방을 끌며 옆으로 다가섰다. "어디로 가요?"라고 영
어로 물어보기에 서툰 외국인을 도와주려나 보다 하고 바로 "페
라라······"라고 대답했다. 그러자 할머니는 서슴없이 화면을 조작
하더니 역명 검색 창에 F를 눌렀다.

요금 표시가 나와서 결제를 하기 위해 신용카드를 넣으려 하
자 그녀는 "현금, 현금······"이라고 소리치며 자기가 대신 조작해

제2차 세계대전 후 다시 건설된 테르미니 역.

준다는 몸짓으로 현금을 받아내려고 손을 내밀었다. 둔감한 나는 그제야 깨달았다. 이 할머니는 여행객에게 현금으로 결제하게 해서 기회를 봐 거스름돈을 챙기려 하는구나. 아니, 어쩌면 지갑을 꺼내는 순간을 노리는 소매치기일지도 모른다. F도 등 뒤에서 "그 사람, 조심해요."라고 주의를 줬다.

"친절하게 가르쳐주셔서 감사합니다만……"이라고 말하며 정중히, 그렇지만 확실하게 거절하고 그대로 카드로 결제하자 그녀는 혀를 차며 자리를 떴다. 잠시 지켜보니 다른 여행자 곁에서 똑같은 행동을 했다. 주위에는 그녀와 비슷해 보이는 이들이 몇 명 모여 오가는 사람들을 살피는 듯한 시선을 던지고 있었다.

"피곤하네……."

"여기저기 신경 쓰이는 일들이 많아서 정말 진이 빠지는 것 같아. 그렇지만……."

"저런 사람들을 말끔히 정리해버린 것이 나치였어. 독일 국민 대다수도 '나치가 거리를 청소해줬다.'라며 그런 난폭한 해결책을 환영했고, 그 결과가 바로 홀로코스트로 이어졌지. 한국에서도 군사정권이 나치와 비슷한 일을 펼쳤고……."

"그러네. 성가시긴 하지만 저런 사람들의 존재가 용인된다는 것만 봐도 이탈리아는 느슨하고 살기에 팍팍하지 않은 사회일지

카라바조, 「여자 점쟁이」, 1595~1598년, 캔버스에 유채, 파리 루브르 박물관.

도 몰라."

"그렇지, 신경 쓰이고 피곤한 것은 피할 수 없는 대가라고나 할까……."

그날 나와 F와 사이에 오간 대화다.

카라바조의 초기작 중에는 「카드 사기꾼」과 「여자 점쟁이」라는 그림이 있다. 모두 우의화지만 현실 그 자체를 그린 그림이기도 하다. 이탈리아는 400년 이상 전에도(아마 그보다 훨씬 전에도) 지금과 그다지 다르지 않았을 것이다.

그 후에도 로마 체류 중에 계속 이러한 종류의 '피곤함'이 따라다녔다. 예를 하나 들어보면 보르게세 공원 근처에 있던 고급 레스토랑에서 점심을 먹고 기분 좋게 숙소로 돌아와 아무 생각 없이 영수증을 확인했더니 주문도 하지 않고 먹은 적도 없는 샴페인이 포함되어 있었다. 그때마다 나와 F는 얼굴을 맞대고 "치러야할 대가, 대가……"라고 중얼거렸다.

역사와 전설의 도시

테르미니 역을 나와 곧장 산 루이지 데이 프란체시San Luigi dei Francesi

카라바조, 「성 마태오의 소명」, 1599~1600년, 캔버스에 유채, 로마 산 루이지 데이 프란체시 성당.

성당으로 향했다. 카라바조의 작품 「성 마태오의 소명」, 「성 마태오의 순교」, 「성 마태오의 영감」이 있는 곳이다. 앞의 두 작품은 델 몬테 추기경의 추천으로 제작되어 완성과 동시에 곧바로 무척 좋은 평가를 얻었다. 카라바조의 작품이 지닌 독창적인 기법상 특징은, 첫 번째는 명암을 효과적으로 강조하는 것이고 두 번째는 연속된 움직임의 어느 한 순간을 잘라내 보여주는 점이다. 이런 두 가지 기법이 어울려 극적인 효과를 발휘한다. 특히 「성 마태오의 소명」은 이러한 독창성이 활짝 피어난, 화가 카라바조의 절정기를 보여주는 대표작이라 할 수 있다.

　　이 그림이 지닌 드라마틱한 정점은 사람들이 아무것도 하지 않는 바로 그 순간에 있다. 돌연히 출현한 그리스도, 명령을 내리는 그 몸짓이 너무나 위엄이 있어 일순간 충격에 빠진 사람들은 아연해져 어떤 반응도 보일 수가 없다. 하지만 곧이어 부름을 받은 레비(사도가 되기 전 마태오의 이름)는 일어서서 그리스도를 따를 것이다. (……) 이 그림이 뿜어내는 박력은 실로 이러한 동작의 정지 상태에서 비롯된다.(일본어판, 『카라바조』'세계의 거장' 시리즈, 알프레드 모이어, 와카쿠와 미도리 옮김, 미술출판사, 1984년)

카라바조, 「성 마태오의 영감」, 1602년, 캔버스에 유채, 로마 산 루이지 데이 프란체시 성당.

카라바조는 1571년 밀라노에서 태어났다. 아버지는 베르가모 근교에 살던 카라바조 후작 가문의 저택 관리인이었다. 당시는 아직 페스트의 유행이 끝나지 않아 밀라노에서만 1만 7000여 명이, 교외에서도 7000명 이상이 희생되었다고 한다. 가족은 1576년에 페스트로 황폐해진 밀라노를 떠나 카라바조 마을로 이주했지만 이듬해 아버지가 세상을 떠났다. 같은 날 할아버지와 숙부도 페스트로 죽었다. 카라바조가 아직 여섯 살이던 무렵이었다. 데즈먼드 수어드Desmond Seward는 "카라바조의 인생에서 죽음은 너무나도 빨리 현실로 다가왔다. 카라바조라는 인물은 페스트로 인해 형성된 셈이다."라고 했다. (일본어판, 『카라바조 — 불타는 생애』, 이시나베 마쓰미, 이시나베 마리코 옮김, 하쿠스이샤, 2000년)

1584년에는 어머니도 세상을 떠나 그때부터 카라바조는 밀라노의 화가 시모네 페테르차노 밑으로 들어가 4년간 도제 수업을 받았지만 1592년 중반에 '아마도' 폭력 사건에 휘말려 관리에게 상해를 입힌 후 로마로 달아났다. "겨우 입고 있던 옷만 걸친 채 갈 곳도 먹을 것도 없는 무일푼 상태"였다고 한다.

"카라바조가 정착한 로마는 성당과 수도원, 저택, 그리고 분수 등이 고대의 장대한 유적과 서로 이웃하며 어우러진 불가사의한 장소였다. (······) 그곳은 역사와 전설이 안개처럼 자욱하게 드

로마 산 조반니 인 라테라노 성당.

리워져 있었다." 데즈먼드 수어드는 당시의 로마에 대해 이렇게 썼다. 그 내용을 조금 요약해서 전해본다.

축제 기간 중 로마는 활기로 가득했다. 화려하게 장식한 수레와 행렬, 가면무도회, 투계, 마상 창술 시합도 펼쳐졌다. '가련한 노인과 유대인의 경주'도 열렸다. 그들은 벌거벗은 채 달려야 했고 온갖 오물을 덮어쓰고 조롱을 당했다. 사순절의 성 목요일 밤에는 수천 명이나 되는 신자들이 횃불을 들고 성 베드로 대성당을 향해 줄지어 걸었다. 무리 중에는 피가 날 때까지 자신의 등에 채찍질을 하는 500명의 수도사도 있었다. 성 토요일에는 성 베드로와 성 바오로 두상 인형이 산 조반니 인 라테라노Ｓan Giovanni in Laterano 대성당을 장식했다.

가장 빈번하게 펼쳐진 오락은 공개 처형이었다. 부모들은 그 광경을 보여주러 아이들을 데리고 나섰다. 때로는 이단자가 남색에 빠진 자와 마찬가지로 화형을 당하기도 했다. 카라바조는 산탄젤로 다리와 도시의 성문 위에서 참수당해 썩어가는 머리를 수도 없이 보았음이 틀림없다.

기근이 없었을 때조차 길 위에는 수많은 걸인과 고아들이 굶주린

MICHEL DE MONTAIGNE.

JOURNAL
DU VOYAGE
DE
MICHEL DE MONTAIGNE
EN ITALIE,

Par la Suisse & l'Allemagne, en 1580 & 1581;

Avec des Notes par M. DE QUERLON.

A ROME, & se trouve A PARIS,

Chez LE JAY, Libraire, rue Saint-Jacques, au Grand-Corneille.

M. DCC. LXXIV.

『몽테뉴의 여행 일기』.

배를 안고 앉아 뒹굴었다. 수많은 매춘부들이 퍼트린 성병도 유행했으며 도로에는 사람들의 배설물이 여기저기 흩어져 있었다.

게다가 로마는 16세기의 기준에서 보면 더할 나위 없이 위험한 도시였다. 만약 카라바조가 폭력적인 성향을 지닌 인간이었다면 그렇게 된 데는 이 도시의 폭력성과 야만스러움에 어느 정도 책임이 있을지도 모른다.(수어드, 앞의 책)

수어드의 서술은 프랑스 계몽주의 사상가 몽테뉴^{Michel De Montaigne}(1533~1592)의 저서 『몽테뉴 여행 일기』를 바탕으로 삼았음이 틀림없다. 이 책은 몽테뉴가 1580년과 1581년에 걸쳐 이탈리아를 여행한 기록으로, 로마에서 목격한 사순절 행렬에 관한 생생한 모습을 담고 있다. 젊은 카라바조가 로마로 이주하기 거의 10년 전의 정경이다. 수어드는 몽테뉴의 로마 묘사를 참고했을 것이다.

물론 16세기 말과 현재의 로마는 크게 다르다고 말할 수 있다. 지금 이 거리는 환한 쇼윈도로 치장한 고급 부티크가 늘어서 있고 수많은 관광객이 거리낌 없이 밝은 미소 띤 얼굴로 젤라토를 먹는다. 하지만 나는 400년이 넘는 시간을 거쳐온 지금까지도 로마의 곳곳은 "역사와 전설이 안개처럼 가득 드리워져 있다."고 느낀다.

카라바조, 「성 마태오의 순교」, 1599~1600년, 캔버스에 유채, 로마 산 루이지 데이 프란체시 성당.

혁명적 전도

「성 마태오의 소명」을 직접 볼 수 있었던 것은 큰 수확이었다. 하지만 나를 더욱 사로잡은 작품은 「성 마태오의 순교」였다. 이 작품은 데릭 저먼^{Derek Jarman} 감독의 영화 「카라바조」에서도 중요한 역할을 했다. 드디어 그 작품을 실제로 보게 된 것이다. 이 작품 역시 「성 마태오의 소명」과 마찬가지로 빛을 효과적으로 사용했다. 마치 초고속으로 촬영된 영상의 한 장면처럼 군중은 얼어붙은 듯 정지한 모습이라서 보는 이의 시야에 위태롭고도 결정적인 한순간을 새겨 넣는다.

주인공은 지금 막 죽음을 맞이하고 있는 성인이 아니다. 화면 한가운데에서 아름다운 나신으로 빛나는 사형집행인이다. 이토록 격렬한 분노와 들끓는 잔혹함에 눈길을 빼앗기지 않을 수는 없을 터다. 성인은 천사가 내민 종려나무 가지(순교의 상징)에 손을 길게 뻗고 있지만 결국 닿지 못한다.

나는 「성 토마스의 불신」에 대해 카라바조가 이 작품의 화면 위에서 '혁명적 전도顚倒'를 실행했다고 쓴 적이 있다.(『고뇌의 원근법』 참조) 원래는 예수가 주연을 맡아야 할 도상 속에서 오히려 토마스가 예수의 옆구리에 난 성흔에 쑥 손가락을 들이미는 의심

카라바조, 「성 토마스의 불신」, 1601~1602년, 캔버스에 유채, 포츠담 상수시 궁전.

많은 민중을 대표하는 주인공이 되고 있기 때문이다. 「성 마태오의 순교」에도 이와 유사한 '혁명적 전도'가 보인다.

　얼어붙은 군중 속에서 단 한 명, 다른 인물들과는 다른 차원의 시간 속에 몸을 두고서, 마치 무대연출가처럼 상황을 바라보고 있는 자가 있다. 화면 가장 깊숙한 곳에서 반쯤 얼굴을 비치고 있는 수염이 난 인물. 바로 카라바조의 자화상이다.

　카라바조는 어떤 사람이었을까. 데즈먼드 수어드는 버나드 베런슨Bernard Berenson의 언급을 빌려 이렇게 서술했다.

　　금세 화를 내곤 하는 성미 고약한 남자였다. 속 좁고 비뚤어졌으며 시기심도 많아 걸핏하면 싸움을 벌였다. 길에서 언쟁을 일삼는 무리 중 하나로 게다가 살인범까지 되었다. 아마 동성애자였을 것이다.

이 그림이 그려질 무렵인 1600년은 이탈리아의 철학자이자 사제였던 조르다노 부르노Giordano Bruno가 이단으로 몰려 7년의 투옥 생활 끝에 로마에서 화형에 처해진 해이기도 하다. 반종교개혁의 시대, 로마라는 위험한 도시의 공기가 "기질적으로는 반역자였지만, 종교적 신조에서는 열광적인 정통파"(수어드)였던 이 젊은 화

카라바조, 「홀로페르네스의 목을 베는 유디트」, 1598~1599년 캔버스에 유채, 로마 국립고전회화관.

가를 혁명가로 키워낸 셈이다. 인간이라는 존재의 본성을, 그 잔학함과 어리석음까지 놓치지 않고 가차 없이 그려낼 수 있었던 혁명가로.

근대인의 자화상

나는 그 이후로도 로마 시내 이곳저곳을 걸으며 카라바조의 귀중한 작품을 보러 다녔다. 2월 25일은 보르게세 미술관을 찾았다. 이 미술관은 예약이 필요해서 아홉 시에 예약을 마치고 기분 좋게 아침 무렵의 공원을 산책할 겸 나섰다. 카라바조의「병든 바쿠스」,「골리앗의 머리를 든 다비드」,「성모자와 성 안나」를 보았다.「과일 바구니를 든 소년」은 다른 전시를 위해 순회 중이어서 볼 수 없었다. 로마를 떠나기 하루 전날에는 바르베리니 궁전 국립고전회화관이 소장한「나르키소스」,「홀로페르네스의 목을 베는 유디트」를 보았다. 모든 작품이 주변의 다른 그림과는 차원이 전혀 다른 박진감을 뿜어냈다.

　　살인을 저지르고 도망자 신세로 로마를 떠나야 했던 카라바조는 사면과 귀환을 바라며 나폴리, 몰타, 시칠리아를 유랑하면

카라바조, 「세례 요한의 참수」, 1607~1608년, 캔버스에 유채, 발레타 세인트 존 대성당.

카라바조, 「골리앗의 머리를 든 다비드」, 1607년 혹은 1609~1610년,
캔버스에 유채, 로마 보르게세 미술관.

서 체재하던 곳곳에 유례없는 명작을 남겼다. 내가 본 작품은 그중 일부에 불과하다. 보면 볼수록 내 눈으로 전부 확인해보고 싶은 욕망이 끓어오른다. 저 멀리 지중해의 몰타 섬까지 발길을 옮겨 카라바조가 가장 만년에 제작했던 「세례 요한의 참수」를 직접 보고 싶다는, 거의 생리적이라고 할 법한 그런 욕망이······.

카라바조는 전 생애에 걸쳐 약 열두 점에 이르는 목이 잘린 사람을 모티프로 한 그림을 그렸다. 참수에 매혹된 화가라고 해도 좋겠다. 나폴리에서 그린 「골리앗의 머리를 든 다비드」에 등장하는 골리앗은 자화상이다. 두 눈은 각각 다른 반응을 보인다. 왼쪽 눈에는 생명의 잔광이 느껴지지만 오른쪽 눈은 이미 흐릿해져버렸다. 카라바조는 스스로에게 절망하면서, 한편으로 그런 자신을 철저히 응시하고 있다. 이러한 자화상을 그릴 수 있었다는 사실 자체가 지극히 '근대적인 자아'라는 의미가 아닐까. 나는 이 점에 경탄하지 않을 수 없다.

아아, 얼마나 혹독하며 무참한가······.

카라바조라는 인물이 잔혹하다는 뜻이 아니다. 타협 없는 그의 묘사가 인간의 잔혹함, 현실 바로 그대로의 잔혹함과 길항하고 있는 것이다.

2장

로마 2

인간은 나아지지 않았다

이번 여행의 또 다른 목적은 이탈리아 문학 연구자이자 번역가인 가와시마 히데아키河島英昭 선생의 저서 『이탈리아 유대인의 풍경』(이와나미쇼텐, 2004년)이 안내하는 길을 따라 유대인의 흔적을 찾은 후, 프리모 레비의 무덤을 세 번째로 방문하여 여정을 마무리하는 것이었다.

프리모 레비는 유대계 이탈리아인이었고 아우슈비츠 강제수용소의 생존자였다. 레비는 수용소에서 생환한 후 곧바로 『이것이 인간인가』(에이나우디, 1947년)라는 제목으로 증언을 묶어냈고 마지막 작품 『가라앉은 자와 구조된 자』(에이나우디, 1986년)를 간행한 이듬해 토리노에서 스스로 목숨을 끊었다.

1996년 1월, 나는 프리모 레비의 자살 현장이자 마지막까지 살았던 집, 그리고 그의 묘지를 직접 눈으로 확인하기 위해 처음으로 토리노를 방문했다. 그 첫 번째 토리노 여행 경험을 기초로 『시대의 증언자 쁘리모 레비를 찾아서』(박광현 옮김, 창비, 2006년, 원서는 아사히신분샤, 1999년)를 썼다. 이 책의 일본어 원서가 초판을 발행한 지 15년이 지난 2014년에 개정판이 나오게 되어 다시 토리노를 찾아 한 꼭지를 덧붙이려고 마음먹었던 것이다.

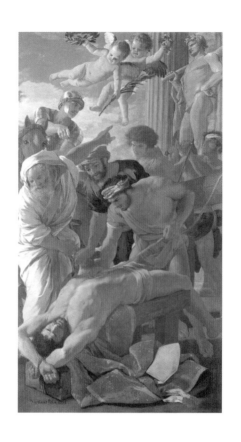

니콜라 푸생, 「성 에라스무스의 순교」, 1628~1629년, 캔버스에 유채, 바티칸 미술관.

그 사이에도 토리노에 몇 번 갔는데 2002년에는 NHK 방송국 팀과 함께 다큐멘터리 「아우슈비츠의 증언자는 왜 자살했는가」를 촬영했다. 프리모 레비 사후 20년에 해당했던 2007년에는 피렌체 대학에서 열린 기념행사에 참가했고, 그해 피렌체 대학 출판부에서 간행한 기념 논문집에 「도쿄와 서울에서 레비를 읽다」라는 제목의 글을 실었다. 레비를 향한 끊임없는 관심이 나와 이탈리아를 강하게 묶어주고 있다고 말할 수 있다.

로마에 도착한 다음 날(2014년 2월 22일), 산 루이지 데이 프란체시 성당에서 카라바조의 작품 「성 마태오의 영감」, 「성 마태오의 소명」, 「성 마태오의 순교」를 보았다. 오후에는 숙소 바로 옆에 있는 바티칸 박물관을 찾았다. 다행히도 관람객은 많지 않다. 시스티나 성당에서 F의 염원을 이루고 난 후, 피나코테카(회화관)로 가서 카라바조의 「그리스도의 매장」, 레오나르도 다 빈치의 「성 히에로니무스」, 라파엘로의 「그리스도의 변용」 등의 작품과 함께 니콜라 푸생의 「성 에라스무스의 순교」와도 재회했다.

열네 명의 수호성인 중 한 명인 성 에라스무스가 로마 황제 디오클레티아누스의 박해로 배가 찢어지는 온갖 고문 끝에 기중기 형틀에 묶여 내장을 쏟으며 순교했다는 전설을 그린 작품이다. 예전에 나는 내 몸으로 직접 닥쳐오는 듯한 현실감을 느끼면서 이

로마 국립현대미술관.

그림을 바라봤다. 죽고 싶다고 생각한 것은 아니었지만 나 자신이 오래 살 수 있으리라 생각지도 않았다.

1980년과 1983년, 어머니와 아버지가 차례로 세상을 떠난 후 처음으로 유럽 여행에 나섰지만 지금 나는 그때의 부모님 나이를 넘고 말았다. 60세가 지나 다시 이 그림 앞에 서게 된 것이 이상하게 느껴졌다. 나는 변함없이 비관적이지만 그 비관의 성질이 조금씩 변하고 있음을 깨닫는다. 예전에는 나 자신이 음습하고 어두운 지하실에 갇혀 있고 출구는 어디에도 없다고 느꼈다. 지금의 나는 이렇게나 오랜 역사를 거치고 이토록 수많은 잔혹함을 겪었음에도 불구하고 인간이란 조금도 나아지지 않았다는 사실에 비관한다.

2월 23일은 아침 일찍 보르게세 공원을 향했다. 공원 옆에 있는 국립현대미술관에서 루초 폰타나Lucio Fontana(1899~1968), 알베르토 자코메티Alberto Giacometti(1901~1966, 스위스 작가), 조르조 데 키리코Giorgio De Chirico(1888~1978), 마리오 시로니Mario Sironi(1885~1961), 메다르도 로소Medardo Rosso(1858~1928) 등 이탈리아 근대 화가의 작품들과, 작가 이름은 기억나지 않지만 화면 가장 위쪽에 무솔리니의 초상을 그려 넣은 파시즘 회화의 대형 벽화를 보았다. 이들 작품은 나에게 러시아 아방가르드 작품들과

고대 로마의 유적 마르첼로 극장.

는 또 다른, 강한 인상을 주었다.

저녁 무렵에는 버스를 타고 멀리까지 나가 작은 교회의 지하에서 만돌린과 통주저음 연주를 들었다. 도메니코 스카를라티 Domenico Scarlatti(1685~1757)의 작품을 비롯한 17~18세기 악곡 가운데 총 여섯 곡과 앙코르 한 곡. 머리가 벗어지고 살집이 있던 만돌린 연주자는 시종 우울한 표정이었다. 통주저음 연주자는 선생님같이 착실해 보이는 중년 여성이었는데 두 사람의 호흡이 아주 잘 맞아서 수수하면서도 좋은 연주를 들려줬다. 17세기의 이탈리아……. 이 올곧고 우아한 악곡과, 카라바조와 푸생이 그린 잔혹함이 공존하는 세계. 인간이라는 존재 자체를 있는 그대로 보여주는 듯해 이해할 길이 없으면서 또한 매혹적이었다.

참극

2월 24일 월요일에는 리소르지멘토 광장에서 81번 버스에 올라 옛 유대인 거리로 향했다. 이 거리는 아침 햇살을 받으며 굽이굽이 흐르는 테베레 강가에 남아 있는 고대 유적 마르첼로 극장 옆에 자리하고 있다. 카이사르가 착공하여 기원 후 11년 옥타비아

유대교 회당 템피오 마조레 디 로마.

누스 황제 시대에 완성된 극장이다. 당시 1만 5000명을 수용하는 대극장이었다.

극장 유적 옆에는 '대大 시너고그(유대교 회당)'라는 뜻의 템피오 마조레 디 로마Tempio Maggiore di Roma가 있고 같은 건물에 있는 유대박물관의 벽면에는 반파시즘 운동으로 희생된 자들의 묘비명이 새겨져 있다. 그 글귀 중에 레오네 긴츠부르그Leone Ginzburg(1909~1944)를 기념하는 한 줄이 있다는 말을 가와시마 선생의 책에서 읽어서 직접 확인해보았다. 레오네는 『가족어 사전』(에이나우디, 1963년)으로 잘 알려진 소설가 나탈리아 긴츠부르그Natalia Ginzburg(1916~1991)의 남편이자, 『치즈와 구더기』(존스홉킨스 대학출판부, 1980년)로 잘 알려진 역사학자 카를로 긴츠부르그Carlo Ginzburg(1939~)의 아버지기도 하다. 레오네에 대해서는 6장에서 다시 다룰 셈이다.

주변 일대가 유대인 거리다. 우리가 찾았을 때는 2월치고는 이상할 정도로 따뜻한 날씨였다. 베네치아와 토리노의 게토도 가본 적이 있는데 어디든 하나같이 건물 창문이 나지막하다. 한 층에 해당하는 천장이 낮다는 뜻이다. 많은 사람들이 좁은 지역에 틀어박혀 밀집해서 생활하고 있었다는 증거다. 지금도 키파kippa라고 불리는 유대교도의 전통 모자를 쓰고 거리를 지나는 사람

로마 유대인 게토의 중심 거리.

들의 모습이 눈에 띈다.

밝은 봄볕 아래의 거리 모습은 얼핏 보면 평화로움 그 자체였다. 이스라엘 전통 과자를 파는 상점에 들어가 커다란 타르트를 사서 작게 잘라달라고 부탁해 가게 앞 의자에 앉아 F와 나눠먹었다. 맛있었지만 내 입에는 조금 달았다.

이 거리에서 이른바 '로마의 참극'이 일어났던 것이다. 1943년 9월 26일, 이탈리아 북반부를 사실상 점령하고 있던 나치 독일의 SS부대장 헤르베르트 카플러는 유대인 공동체의 지도자를 불러 200명을 인질로 내놓든지, 아니면 금괴 50킬로그램을 내놓으라고 강요했다.

어려운 문제에 부딪힌 유대인 공동체에서는 한 젊은이가 "금괴가 아니라 납 총탄을!"이라 외치며 저항과 투쟁을 주장했지만 공동체 간부에 의해 묵살당했다. 하루하고 반나절이라는 기한 안에 금괴를 모아야 했기에 유대인들은 분주히 움직였다. 로마 교황청도 부족할 경우 돕겠다는 뜻을 전했고 소식을 들은 비유대인 시민들 중에서도 익명으로 금붙이를 기부하는 이가 있었다.

아슬아슬하게 시간을 맞춰 지정된 양의 금괴를 모아 나치 비밀경찰대 본부로 운반했지만 대응하러 나온 비밀경찰 대위는 영수증 발급을 거부했다. 다음 날 아침 나치 SS부대가 유대인 공동

유대인 게토 지역의 어느 벽에 붙어 있는 추모비.
1943년 10월 16일에 벌어진 유대인 학살 사건을 추념하는 내용이다.

체로 밀고 들어와 모든 기록과 문서, 귀금속, 현금을 압수해갔다.

1943년 10월 16일 토요일 이른 아침부터 이탈리아에서 첫 번째 유대인 일제 체포가 시작됐다. 이때 구속된 사람의 수는 1022명. 그중에는 비유대인 여성 한 명도 포함되어 있었다. 자신이 돌보던, 몸이 자유롭지 못한 유대인 고아와 운명을 함께했던 것이다.

이틀 후 포로들은 가축 운반용 수레 열여덟 대에 실려 아우슈비츠로 압송됐다. 물도 음식도 허용되지 않았던 가혹한 이송 과정에서 적지 않은 사람들이 죽었고 사체는 이송 도중 정차장에 차례차례 버려졌다. 1022명 가운데 전쟁이 끝난 후 살아서 돌아온 자는 열다섯 명이었다고 한다. 고대도 중세도 아닌, 그리 얼마 지나지 않은 과거에 일어난 일이다(지금까지의 서술은 가와시마 선생의 책에 따랐다).

옛 유대인 거리에서 달콤한 과자와 진한 커피를 마시고 있던 내 머릿속은 처참한 이미지로 가득 찼다. 카라바조가 그렸던 세계와 겹쳐진다.

'로마의 참극'은 유럽의 유대인이 경험했던 수난 전체에서 본다면 아주 작은 하나의 삽화에 불과하다. 로마라는 장소에 몸을 두고 있으면, 이조차도 고대부터 거듭되어온 수많은 참극 가운데 한 장면에 지나지 않는다는 감각에 휩싸인다.

산타 마리아 델 포폴로 성당.

그렇지만 한편으로 이미 고대로부터 한참 지나온 20세기, 관련자들이 아직도 살아 있는 아주 가까운 과거에 이와 같은 참극이 일어났다는 사실, 게다가 21세기인 지금도 우리는 그런 가혹하고 무참한 현실에서 빠져나올 방도를 알지 못한다는 사실에, 다시금 막막해진다.

어디로 가시나이까

옛 유대인 거리를 떠나 도리아 팜필리 미술관에서 카라바조가 그린 「이집트로 피신하는 성가족의 휴식」, 디에고 벨라스케스Diego Velázquez(1599~1660)의 「교황 인노첸시오 10세의 초상」, 프라 필리포 리피Fra Filippo Lippi(1406~1469)의 「수태고지」 같은 작품을 본 후, 가까운 카페 '그란 카페 라 카페티에라'에서 한숨을 돌렸다. 나폴리에 본점을 둔 전통 있는 노포다. 중후하고 근사한 실내 장식에다 종업원의 응대도 정중했다. 그의 뺨에는 무서운 흉터가 있긴 했지만.

일단 호텔로 돌아온 후, 오후에는 포폴로 광장에 있는 산타 마리아 델 포폴로 성당을 찾았다. 이곳에는 카라바조의 「성 바오

카라바조, 「성 베드로의 십자가형」, 1600년경, 캔버스에 유채, 로마 산타 마리아 델 포폴로 성당.

로의 개종」과 「성 베드로의 십자가형」이 있다.

『신약성서』가 전하는 바에 따르면 예수의 첫 번째 제자 베드로는 예수에게 '케파(아람어로 바위의 단편, 반석이라는 의미)'라는 별명으로 불렸고 이후 같은 뜻의 그리스어 '페트로스'라는 이름으로 잘 알려졌다. 로마로 선교를 떠났던 베드로는 네로 황제의 박해를 받아 십자가에 거꾸로 매달리는 형벌로 순교했다.

예수가 잡혀갈 때, "너도 예수와 함께 있지 않았나?"라는 질문을 받은 베드로는 그런 사람을 알지 못한다고 세 번 부인한 후 죄책감으로 격하게 흐느꼈다는 이야기가 전해진다.(「마태복음」 26장 69~75절) 그 후 베드로는 기독교 박해가 심해지던 로마에서 몸을 피하려고 아피아 가도Via Appia를 걸어가다가 반대쪽에서 오는 예수와 만났다. 그가 "도미네, 쿠오바디스Domine, quo vadis(주여, 어디로 가시나이까?)"라고 묻자 예수는 "네가 나의 양들을 버리고 떠나니 나는 로마로 가서 다시 한 번 십자가에 못 박히리라."라고 답했다. 이 말을 들은 베드로는 순교를 각오하고 로마로 되돌아갔다고 한다. 베드로는 심약한 인물이었던 듯하다. 그래서 이 일화는 마음 여린 사람들의 공감을 얻는다. 이야기는 그렇게 생겨나는 법이다.

가톨릭에서는 베드로를 초대 교황으로 여긴다. 로마 교외의 바티칸 언덕에 있는, 베드로의 묘지로 전해지는 장소에 훗날 세워

프라 바르톨로메오, 「놀리 메 탄게레」, 1506년경, 목판에 유채, 파리 루브르 박물관.

진 건물이 산 피에트로(성 베드로) 대성당이다.

한번은 테르미니 역에서 열차를 기다리고 있는데 스니커즈를 신은 소매치기 같은 남자들이 세 번이나 다가와서 양해도 구하지 않고 슈트케이스에 손을 대려고 했다. 멍하게 있으면 가방을 훔쳐갈 기색이라 안절부절 못하다가 "Don't touch me!"라고 영어로 크게 외치며 그들을 쫓았다. 그렇게 말한 후 '놀리 메 탄게레^{Noli me tangere}(나를 만지지 말라)'를 떠올리며 씁쓸하게 웃고 말았다. 「요한복음」에 따르면 막달라 마리아는 부활한 예수와 처음으로 만난 여인이다. 예수의 무덤에 가본 마리아는 무덤 구덩이를 막아놓은 돌이 옮겨져 있고 유해가 없어진 것을 알게 된다. "누군가가 주님의 몸을 가져가버렸다."라며 그녀가 울고 있을 때 등 뒤에서 예수가 나타나 "마리아야"라며 이름을 불렀다. 마리아가 "선생님!"이라 하며 다가가자 예수는 "나를 만지지 말라. 나는 아직 내 아버지 곁으로 가지 못하였다."라고 말했다는 이야기다. 이 '놀리 메 탄게레'는 서양 회화에서 되풀이되며 나타나는 주제다.

로마에 도착하자마자 이 역에서 만났던, 거스름돈을 챙기려던 노파가 내게 "어디로 가느냐"라고 물었던 일도 떠올랐다. '쿠오 바디스'였던 걸까……. 이 유서 깊은 거리에서 교회를 몇 군데 돌면서 온통 종교화만을 바라보고 있으니 마치 중독이라도 된 듯

모딜리아니와 수틴 전시회의 포스터.

소매치기와 사기꾼들까지 기독교 이야기 속 인물처럼 보이기 시작했다.

저주받은 화가들

포폴로 광장으로 돌아와 인파 사이를 밀어젖히듯 헤치며 코르소 거리를 걷다가 지나던 길가에 붙어 있는 전시회 포스터가 눈에 들어왔다. 전시회 이름은 영어로 'The Exhibition Modigliani, Soutine and the Accursed Artists'라고 쓰여 있었다. 'Accursed'는 '저주받은'이라는 의미일까? 아니면 그저 '비운의' 정도로 해석하면 되는 걸까? 서둘러 전시장인 치폴라 궁으로 발걸음을 옮겼다. 조너스 네터 컬렉션^{Jonas Netter collection}으로 꾸민 이 전시는 파리와 밀라노에서 대성공을 거둔 후 로마에서도 선보이게 된 순회전이라 했다. 여행 중에 이런 전시를 만나는 것은 예상하지 못한 행운이다.

전시장에는 평소 사랑해 마지않던 아메데오 모딜리아니^{Amedeo Modigliani}(1884~1920)와 샤임 수틴^{Chaïm Soutine}(1894~1943) 외에도 그들과 동시대에 활동하던 수잔 발라동^{Suzanne Valadon}

아메데오 모딜리아니, 「푸른 옷을 입은 소녀」, 1918년, 개인 소장.

(1865~1938), 모리스 위트릴로^{Maurice Utrillo}(1883~1955) 같은 화가들의 명품이 촘촘히 걸려 있었다. 모딜리아니의 불행한 애인으로만 알려진 잔 에뷔테른^{Jeanne Hébuterne}(1898~1920)의 작품도 두 점(한 캔버스의 앞뒤에 그린 작품) 포함되었다. 그 밖에도 지금껏 보지 못했던 유대계 화가들의 작품도 많이 출품된 전시였다.

내가 어렸을 적(1950년대 말에서 1960년대) 일본에서 조르주 루오^{Georges Rouault}(1871~1958)와 더불어 모딜리아니와 수틴의 인기는 절대적이었다. 지금도 도쿄의 국립서양미술관과 같은 주요 미술관에는 이들의 작품이 소장되어 있다. 모딜리아니의 작품을 직접 보았던 일과, 그의 생애를 주제로 한 영화 「몽파르나스의 등불」을 본 것은 어느 쪽이 먼저였을까. 제라르 필립이 주연을 맡고 아누크 에메가 애인 잔 에뷔테른을, 리노 벤투라가 악덕 화상을 연기했던 「몽파르나스의 등불」은 1958년에 개봉된 프랑스 영화다(일본에서도 같은 해 상영했다). 그때 나는 일곱 살이었기 때문에 개봉했을 당시에 극장에서 보았던 것은 물론 아니다. 아마 중학교에 들어간 후, 텔레비전의 '명화 극장' 같은 프로그램에서 보았을 것이다. 그때의 기억은 여전히 선명하고도 강렬하다. 그리고 1960년대 이후는 모딜리아니를 보기 위해 일본 각지의 미술관을 질리지도 않고 다녔다.

내가 가장 좋아한 작품은 「푸른 옷을 입은 소녀」다. 모딜리아니는 아틀리에가 있던 몽파르나스 인근에 살던 가난한 아이들을 자주 그렸다. 그림 속 소녀의 표정은 아이다운 천진난만함보다 오히려 앞으로 다가올 인생의 고난을 응시하고 있는 듯한 긴장감을 품고 있다. 이 그림을 어디에서 보았는지는 확실하게 기억나지 않지만 아마 교토시미술관에서 열린 전시회였으리라 생각된다. 복제화를 사서 돌아와 오랫동안 집의 계단 위에 붙여 두었다. 어머니도, 여동생도 이 그림을 좋아했다. 노동으로 평생을 보내며 학교나 미술관과는 인연이 멀었던 어머니는 그림 속 소녀에게 특별한 공감을 느꼈을 것이다. 어머니가 불행하게 세상을 떠난 것은 한국에서 군사정권 시대가 한창이던 1980년의 일이다. 그 복제화도 지금 어디에 있는지 잊은 지 오래다.

잔 에뷔테른

'시대정신'이라고 할까. 1차 세계대전 종전 후인 1920년대 '에콜 드 파리'의 공기를 전해주는 모딜리아니와 수틴의 작품은 확실히 어딘가 2차 세계대전 종전 후, 1950~1960년대 일본 사회의 공기

모딜리아니와 피카소, 앙드레 살몽.

와 공명하고 있었다. 빈곤과 질병으로 스러져간 천재들의 작품이 전후 일본에서 동경의 대상이 된 까닭은 수많은 죽음을 목격하고 전쟁으로 피폐해진 사람들의 마음속에 현세적이고 실리적인 성공을 넘어 삶의 의미와 아름다움을 찾고자 했던 바람이 가득 차 있었기 때문이리라. 지금 40대 이하의 많은 일본인들은 모딜리아니와 수틴에게 조금도 마음이 움직이지 않는 듯하다. 과거 30년 동안 신자유주의적 가치관이 사회 전체를 석권했기 때문에 그런 식의 마음은 거의 사라져버렸다. 그랬기에 로마에서 생각지도 못하게 모딜리아니와 재회했던 나는 마치 이미 세상을 떠난 사람들, 그리고 젊은 시절의 나 자신과 다시 만난 듯한 기묘한 생각에 사로잡혔던 것이다.

아메데오 모딜리아니는 1884년 이탈리아 토스카나 지방의 항구도시 리보르노에서 태어났다. 부모는 모두 세파르디계(포르투갈과 스페인계) 유대인이다. 가업이 파산한 탓에 생계는 어려워졌지만 이해심 많은 어머니의 도움으로 모딜리아니는 열네 살 때부터 그림 공부를 시작할 수 있었다. 하지만 열여섯 살이라는 젊은 나이에 훗날 자신의 생명을 앗아갈 결핵에 걸리고 만다.

1906년 1월 파리로 이주하여 몽마르트르에서 활동을 시작한 모딜리아니는 파블로 피카소^{Pablo Picaso}(1881~1973), 기욤 아폴리네

모딜리아니와 잔 에뷔테른.

르Guillaume Apollinaire(1880~1918), 앙드레 드랭Andre Derain(1880~1954), 디에고 리베라Diegor Rivera(1886~1957) 등과 교류를 쌓았다. 1909년에는 몽파르나스로 이주하여 조각가 콘스탄틴 브랑쿠시Constantin Brancusi(1883~1955)와도 만나게 되었다. 1915년 무렵부터 조각 작업을 그만두고 회화에 전념하면서 샤임 수틴, 모리스 위트릴로와도 교우 관계를 맺었고 1916년에는 폴란드인 화상 레오폴드 즈보로프스키Léopold Zborowski와 친하게 지내며 전속 계약을 맺는다.

미술학교에서 알게 된 잔 에뷔테른과 동거를 시작한 것은 1917년부터였다. 이듬해 요양을 위해 니스로 떠났고, 11월 29일에 장녀 잔이 태어난다. 딸은 나중에 미술사 연구자가 되어 아버지의 평전 『모딜리아니 — 인간과 신화』(오리온, 1958년)를 집필했다.

모딜리아니는 1919년 7월에 잔 에뷔테른과 정식으로 결혼하겠다는 서약을 했지만 약속을 제대로 지키지 못한 채 1920년 1월 24일 결핵성 뇌수막염으로 세상을 떠났다. 마지막으로 남긴 말은 "그리운 이탈리아!"였다.

잔 에뷔테른 역시 모딜리아니가 죽고 난 이틀 후, 자택에서 몸을 던져 자살했다. 임신 9개월의 몸이었다고 한다. 1920년 신문에는 모딜리아니의 죽음을 둘러싼 기사와 논평이 많이 등장하는데 시인 프란시스 카를로는 화가의 생애를 다음과 같이 요약했다.

샤임 수틴.

빈곤과 고생, 부정으로 인한 진부함에서 도피하고 초월하려는 바람, 죄에 대한 갈망, 주도면밀한 무리들에게 비웃음의 씨앗이 되는 것조차 기꺼이 받아들이는 자세, 그리고 이런 태도로 일관한 평생. 그런 것이 바로 예술가의 삶, 건곤일척의 생애다."(일본어판, 『아메데오 모딜리아니』 '세계의 거장' 시리즈, 알프레드 베르너, 우사미 에이지 옮김, 미술출판사, 1967년)

잔의 가족이 유대인과의 결혼을 반대했기 때문에 두 사람은 죽은 지 10년이 지난 후에야 함께 잠들 수 있었다. 꽤 오래 전에 파리의 페르 라셰즈 묘지를 찾은 적이 있다. 모딜리아니의 묘비명에는 "이제 영광을 차지하려고 한 순간, 죽음이 그를 데리고 가다."라는 말이, 잔 에뷔테른의 비석에는 "모든 것을 바친 헌신적인 반려"라는 말이 기록으로 남아 있었다.

수틴

시기는 달랐지만 몽파르나스 묘지에 있는 수틴의 무덤을 찾은 적도 있다. 그곳에는 장 폴 사르트르Jean Paul Sartre와 시몬 드 보부아르

아메데오 모딜리아니, 「수틴의 초상」, 1917년, 워싱턴 내셔널 갤러리.

Simone de Beauvoir도 잠들어 있다.

샤임 수틴은 1893년 제정 러시아의 민스크 근교 유대인 마을에서 태어났다. 옷 수선으로 삶을 꾸려가던 아버지는 예술을 이해하지 못하는 사람이었고, 형들도 "유대인이 그림 따위를 그려서 뭐해!"라며 종종 그를 때렸다고 한다. 1910년 리투아니아 빌뉴스에 있는 빌나 미술학교에 입학한 수틴은 19세가 된 1912년 프랑스혁명 기념일에 파리로 떠났다.

20세기 초반 1차 세계대전 후의 파리는 다양한 이방인이 전 세계에서 모여들던 도시였다. 특히 근대화로 인해 전통적인 생활 양식이 파괴되었고 동시에 포그롬Pogrom(반유대인 폭동)에 위협을 받았던 동유럽의 유대인들은 세계 각지로 흩어졌다. 정통파 유대교도는 우상숭배 금지라는 계율 때문에 구상적인 미술 제작을 금기시했다. 그러나 샤갈Marc Chagall(1887~1985)이 『나의 회상』(피터오웬, 1965년)에서 썼던 것처럼 그 무렵부터 유대계 화가들이 미술의 중심지 파리로 이주하는 사례가 늘어났다. 에콜 드 파리의 유대계 미술가 중에는 샤갈 이외에도 모이즈 키슬링Moïse Kisling(1891~1953), 오시프 자드킨Ossip Zadkin(1890~1967), 자크 립시츠Jacques Lipchitz(1881~1973), 그리고 수틴을 들 수 있다. 모딜리아니와 수틴은 열 살 정도 나이 차이가 났지만 각별한 사이였다. 「샤임

샤임 수틴, 「미친 여자」, 1920년경, 도쿄 국립서양미술관.

수틴의 초상」. 수틴과 모딜리아니, 여기에 위트릴로를 더한 세 화가는 에콜 드 파리에서도 유명한 술꾼들이었다. 모딜리아니는 병세가 악화되었을 때, 친구인 화상 레오폴드 즈보로프스키에게 이렇게 말했다. "걱정할 것 없어. 나는 자네에게 수틴이라는 천재를 남겨두고 갈 테니까."

이후 미국인 미술품 수집가 알프레드 반즈에게 작품이 팔려 생활에 안정을 찾게 된 이후에도 수틴은 "과묵하고 고독하며 인간에 대한 불신으로 굳어져 사교적인 면이라고는 조금도 찾아볼 수 없는 남자"였다. 그리고 연인 게르다 그로스는 나치가 대두하자 독일에서 피신한 유대인이었다.

수틴 역시 일본에서 인기 있는 화가여서 각지의 미술관에 빼어난 작품이 소장되어 있다. 우에노에 있는 국립서양미술관이 소장 중인 새빨간 옷을 입은 여성을 그린 「미친 여자」는 특히 마음속에 간직해두고 있는 작품이다. 가능하면 해마다 학생들을 인솔해서 미술관을 찾아 이 그림을 보여주려고 한다. 현대를 살아가는 젊은이들이 이렇게 격렬한 표현을 접하면 어떤 반응을 보일지 확인해보고 싶은 마음에서다.

미술사학자들 중에는 모딜리아니가 좀 더 건강에 유의하고 절제하는 삶을 살았다면 피카소와 샤갈처럼 오래 살면서 명성을

모딜리아니의 묘비.

누리고 왕성한 작품 활동을 했으리라고 말하는 사람도 있다. 하지만 과연 그랬을까.

　모딜리아니의 사망 이후 12년이 지나자 독일에서는 나치가 정권을 장악하고 반유대인 정책을 펼치기 시작했다. 그의 고국 이탈리아에서도 1938년 무솔리니가 이끄는 파시스트당이 나치를 따라 인종법을 시행했다. 1939년 나치 독일이 프랑스를 침공했을 때 수틴과 그의 연인 게르다는 오세르 근교 마을에 살고 있었지만 프랑스 내무성이 '적성敵性 외국인' 금족령을 내렸기 때문에 국적상 '러시아인'과 '독일인'이었던 두 사람은 그 마을에서 빠져나올 수 없었다. 그 후 게르다는 나치 독일에 점령된 남부 프랑스를 1940년부터 4년간 통치한 비시 정부에 의해 남프랑스의 캠프에 수용되었고 수틴은 다른 애인과 함께 프랑스 중부 지역 곳곳을 전전하다가 1943년 8월 9일에 천공성 위궤양으로 파리에서 사망했다. 포그롬의 기억과 나치즘의 악몽에 내몰린 결과가 가져온 죽음이었다. 몽파르나스 묘지에서 치러진 장례식에는 장 콕토Jean Cocteau가 입회인으로 참석했다고 한다. 모딜리아니가 그때까지 살았더라도 수틴과 같은 운명에 휘말렸을지도 모른다. 이토록 집요하고도 모진 운명의 발톱을 모딜리아니가 피해 갈 수 있었을까.

　로마에서의 어느 밤, 예정에도 없었던 미술관에 들러 에콜 드

로마의 국립21세기현대미술관.

파리에서 특이한 광채를 발했던 유대인 화가의 작품과 재회했다. 그들의 작품에 아득히 취하면서도 한편으로는 두려움으로 각성된 내 머릿속엔 그날 아침 찾았던 옛 게토의 광경과 '로마의 참극' 이미지가 단속적으로 명멸했다. 치폴라 궁을 나오니 밤의 장막이 완전히 드리워져 있었고 상점의 윈도에 비친 코르소 거리에는 인파가 흘러넘치고 있었다.

시간과 미

2월 25일 오후에는 포폴로 광장 다른 쪽에 접해 있는 플라미니오 광장에서 트램을 타고 '막시 미술관'으로 불리는 국립21세기현대미술관Museo nazionale delle arti del XXI, MAXXI으로 향했다. 고대도시 로마와는 안 어울린다고 말할 법한 장대한 현대미술 전문 미술관이다. 1999년에 있었던 설계 공모로부터 11년이 지나, 총 공사비 1억 5000만 유로의 막대한 자금을 투자해 2010년 5월에 문을 열었다. 현대 건축의 탈구축주의를 대표하는 이라크 출신 여성 건축가 자하 하디드Zaha Hadid의 설계다. 내가 이 미술관을 찾았던 당시에는 자하 하디드가 살아 있었는데 그 후 2020년 도쿄 올림픽 주경기

장의 설계 철회 소동 끝에 2016년 3월 31일 심장마비로 갑자기 세상을 떠났다.

널따란 전시장에 진열된 작품들이 하나같이 재미있어서 이 글에서 일일이 상세하게 다루기는 어렵다. 다만 F가 발견하고 열광적으로 좋아했던 한 작품만은 언급해두고 싶다. 아쉽게도 그때 너무 지친 나머지 작가 이름까지는 메모해두지 못했다. 작품 제목은 분명 '프로브낭스Provenance'였다고 기억한다. 유래, 기원, 내력 등의 의미다(이후에 알아보니 에이미 시겔Amie Siegel의 다큐멘터리 작품이었다).

어느 열대 지방 같은 풍경 속에 모던 건축의 폐허로도 보이는 건물이 서 있다. 사람의 자취는 보이지 않고 쪼르르 돌아다니는 그림자의 주인은 작은 원숭이다. 원숭이는 건물 벽과 기둥을 뛰어오른다. 아무래도 도서관이나 대학교 같다. 잠시 보고 있으니 사무를 보거나 수업을 하는 풍경이 펼쳐진다. 방의 한쪽 구석과 복도에는 폐기용 서류와 함께 오래된 의자와 책상이 어지러이 쌓여 있다. 카메라가 다가가니 그 의자의 등받이에 '르 코르뷔지에Le Corbusier'라고 쓴 사인이 보인다.

이 장소는 르 코르뷔지에가 구상한 도시 계획으로 국제적으로 잘 알려진 인도 북부 도시 찬디가르Chandigarh였다. 1947년 인

Galleria Nazionale d'Arte
Moderna

MAXXI

Palazzo Cipolla Fondazione
Roma Museo

Basilica di San Pietro in
Vaticano

Basilica di Santa Maria del
Popolo

Chiesa di San Luigi dei francesi

Theatre of Marcellus

도-파키스탄 분리 독립 당시 펀자브 주의 주도로서 새롭게 건설된, 당시로서는 최첨단 도시다. 이름은 힌두교의 찬디 여신에서 유래했다. 독립 인도의 초대 수상 자와할랄 네루는 찬디가르를 "과거의 전통에 속박되지 않은, 새로운 국가 신조의 상징"이라고 선언했다. 르 코르뷔지에가 맡은 도시 계획은 1950년대에 실행되었다. 이 사업을 위해 르 코르뷔지에는 인도에 스무 번 넘게 찾아왔다고 한다.

이번에 본 영상 작품은 반세기 전 최첨단 도시였던 찬디가르의 지금 모습을 담은 셈이 된다. 영상의 마지막은 낡은 찬디가르 대학에서 운반된, 르 코르뷔지에가 제작한 가구류가 배에 실려 대양을 건너는 장면이다. 가구들은 런던의 소더비 경매에 붙여져 놀랄 만큼 비싼 가격으로 낙찰되었다. 이러한 상황이 작품명의 의미일 것이다.

콜로세움 같은 로마 시대의 건축 유적으로 가득 찬 고대도시에 최첨단 탈구축주의 건축 양식으로 건설된 21세기현대미술관. 여기서 상영된 이 작품을 통해 르 코르뷔지에의 모더니즘 건축은 불과 반세기 안에 유적으로 변하고, 게다가 그곳에 설치된 비품이 고미술품과 마찬가지의 가치를 주장하기 시작하는 장면을 보았다. '시간'과 '미'가 지닌 의미를 깊이 생각하게끔 만드는 작품이었다.

로마 산 피에트로 대성당.

트리에스테행 열차에서

로마를 떠나는 날, 아침 여섯 시 반에 과감하게 호텔을 나서서 산 피에트로 대성당까지 걸었다. 대성당이 창건된 것은 4세기, 1626 년에 완성된 현재의 성당은 두 번째로 지어진 건물에 해당한다. 브라만테, 라파엘로, 미켈란젤로 등이 설계와 건축에 관계한 르네 상스 시대의 최첨단 건축물이다.

F는 약 40년 전 대학생 시절에 처음 방문한 이래 세 번째였고, 나는 27년 만의 두 번째 방문이다. 이른 아침이라서 문을 열기까 지 조금 기다려야 했지만 덕분에 사람들은 많지 않았다. 정면으 로 들어가 오른편에 있는 예배당에는 미켈란젤로의 「피에타」가 있다. 순백의 대리석으로 만들어진, 실로 아름다운 조각상이다. 그렇지만 '자비로운 어머니'라고 말하기에는 지나치게 아름답다. 관객들은 이 자애로운 어머니상을 유리벽 너머로 바라본다. "그 때는 「피에타」의 발을 만질 수도 있었어." F가 말했다. 40년 전에 는 지금처럼 유리로 둘러싸여 있지 않았다는 말이다.

호텔로 돌아와 짐을 꾸리고 열 시가 조금 못 되어 테르미니 역에 도착했다. 3번 플랫폼에서 열 시 반에 출발하는 트리에스테 행 특급을 탄다. 신칸센처럼 고속열차가 아닌 일반 특급으로 정한

옛 정미소를 개조한 유대인 수용소 리시에라 디 산 사바.

것은 갈아타지 않고 페라라에 정차하는 유일한 열차였기 때문이다(고속 특급은 볼로냐에서 환승해야 한다).

2월 27일, 우리가 오른 트리에스테행 특급 열차는 출발 예정 시각이던 열 시 반보다 10분 늦게 소리도 없이 발차했다. 15시 16분에 페라라에 도착 예정이다. 이대로 가면 베네치아를 거쳐 종착역 트리에스테까지 갈 수 있을 텐데, 라고 생각했다.

베네치아는 몇 번인가 가봤지만 트리에스테는 아직 가본 적이 없다. 앞서 말한 가와시마 선생의 책에 따르면 원래 오스트리아-헝가리 제국령이었던 이 항구도시에도 유대인 거리와 나치즘, 파시즘이 남긴 폭력의 흔적이 흉흉하게 남아 있다고 한다. 특히 리시에라 디 산 사바Risiera di San Sabba라고 하는 정미소를 개조한 '중계수용소 겸 절멸수용소'가 궁금했다. 당연하게도 '로마의 참극'이란 로마만의 일이 아니었다. 트리에스테에도 가보고 싶다. 아니, 가봐야만 한다. 그런 생각을 했지만 이번 여정에는 그곳까지 발길을 옮기지 못한다. 그렇지만 다음이란 있을까.

3장

페라라

베를링구에르

10분 지연되어 로마 테르미니 역을 출발한 트리에스테행 열차는 천천히 북상하기 시작했다. 오르비에토^{Orvieto}, 키안차노 테르메 ^{Chianciano Terme}, 아레초^{Arezzo}, 피렌체를 경유하여, 볼로냐에서부터 는 밀라노 방향이 아니라 북동쪽으로 갈라져 베네치아를 지나 종착역 트리에스테로 향한다. 볼로냐와 베네치아의 중간쯤에 목적지 페라라가 있다.

오르비에토로 말할 것 같으면, 이곳 대성당에 그려진 루카 시 뇨렐리^{Luca Signorelli}(1441~1523)의 벽화를 보기 위해 예전에도 방문한 적이 있었다. 현기증이 날 정도로 눈부신 오후였다. 당당하게 서 있는 오르비에토 대성당에 도착하니 어둑어둑한 산 브리치오 예배당의 벽과 천장에 루카 시뇨렐리의 「최후의 심판」이 있었다. 오른쪽 벽에 그려진 작품은 단테의 『신곡』「지옥편」의 내용이다. 미켈란젤로가 시스티나 성당에 그린 「최후의 심판」은 시뇨렐리 의 이 작품에서 영감을 얻었다고 한다. 목적을 달성하고 대성당을 나오니 지나치게 밝은 햇빛이 또다시 덮쳐왔던 기억이 난다. 방금 전 보았던 불길한 지옥의 이미지가 머릿속을 가득 채워 심한 갈증을 느꼈다.

루카 시뇨렐리, 「최후의 심판」, 1499~1504년경, 프레스코, 오르비에토 대성당.

다음 정차 역은 키안차노 테르메. 여기서 내려 역 앞으로 난 길을 조금 걸으면 부르노의 빵집이 있을 것이다. 나보다 조금 연상이니 건재하다면 벌써 일흔에 가까울까? 이렇게 말했어도 이 역에서 내릴 일도, 부르노를 만날 일도 없을 테지만…….

30대 무렵, 한국의 인권 탄압 상황을 알리러 뉴욕의 인권 단체를 찾았던 나는 친구였던 어떤 젊은 부부의 집에 머물게 되었다. 정치범의 가족인 나를 도우려는 마음이었을 것이다. 남편 미하엘은 차분한 성격의 독일인이었고 리타라는 이름을 가진 아내는 이탈리아 사람이었다. 거실에는 영화배우로 생각될 만큼 잘생긴 남자의 사진이 걸려 있었다. 리타는 사랑에 빠진 듯한 말투로 자랑스럽게 "베를링구에르야."라고 했다. 엔리코 베를링구에르 Enrico Berlinguer(1922~1984)의 초상이었다.

요즘 엔리코 베를링구에르의 이름을 기억하는 사람은 얼마나 될까. 그는 이탈리아 공산당의 지도자였다. 사르데냐 섬의 명문가에서 태어난 그는 고등학교 시절부터 사회에 관심이 많았고 1943년 대학 재학 중 공산당에 입당했다. 1944년에 반파시즘 봉기의 주모자로 체포당해 투옥되기도 했지만 1945년 말 당 중앙위원으로 선출되고 1972년 이후 서기장으로 복무했다. 1973년 칠레 반혁명(피노체트 장군이 이끄는 군부가 아옌데의 사회주의 정권을 뒤

엔리코 베를링구에르.

엎은 쿠데타)을 교훈 삼아 좌파 세력과 가톨릭 세력의 연대를 추구함으로써 '역사적 타협 노선'을 제창했다. 이후 소련의 체코슬로바키아 침공(1968)에 항의하며 소련 공산당으로부터 독립을 추구하는 유로코뮤니즘의 선구가 되었다. 그의 지도 아래 이탈리아 공산당은 지지를 넓혀갔고 1976년 총선거에서는 34퍼센트를 득표했다. 1970년대 말 정세가 변화함에 따라 역사적 타협 노선은 수정될 수밖에 없었지만 1984년 세상을 떠날 때까지 베를링구에르는 코뮤니즘의 기수였다. 내가 리타를 만난 것은 그가 세상을 떠난 며칠 후였다.

뉴욕에서 일을 마친 후, 나는 혼자 유럽으로 건너갈 예정이었다. 그 사실을 안 리타는 내가 몹시 딱하고 쓸쓸해 보였는지, 꼭 자기 고향을 찾아가보라고 권했다. 거기서 빵 가게를 하는 부르노는 어릴 때부터 친구니까 만나보라고, 리타의 친구라고 말하면 분명 따뜻하게 맞아줄 거라고 했다. 혼자 있고 싶었던 나는 건성으로 대답하며 넘겨버렸다. 리타는 그런 내 태도를 답답해하면서 꼭 찾아가보라며 빵집 약도와 전화번호까지 메모해서 건넸다.

리타는 일본에도 온 적이 있었는데 그때는 내가 교토의 아라시야마嵐山와 히에이잔比叡山을 안내했다. 그녀는 "일본의 야산은 녹음이 우거져 있어서 마치 다듬지 않은 머리카락 같아."라고 말

키안차노 테르메.

했다. 그러고는 "거기에 비하면 토스카나의 산은……"이라고 말하며 한 박자 쉬고 나서 한숨 쉬듯 속삭였다.

"……돌체(달콤해)."

"너의 그 달콤한 고향Your sweet home town은 어디인데?"라고 묻자 리타는 "키안차노 테르메"라고 대답한 후 "온천도 있어."라고 덧붙였다. 테르메Terme는 이탈리아어로 온천이라는 뜻이었다.

"캔차노(괜찮아)라고? 조선어로는 Take it easy랄까, Don't mind라는 뜻이야." 내가 농담을 건네자 리타는 큰 소리로 웃었다. "근사하네. 그럼 내 고향은 Take-it-easy Spring이라는 뜻이네!" 고지식할 정도로 진지한 성격이던 남편 미하일은 우리의 이야기가 황당한 듯 입을 다물었다.

열차가 키안차노 테르메 역을 통과할 때, 30년 전의 상념이 걷잡을 수 없이 떠올랐다. 결국 리타의 고향에는 가지 못했고, 그녀와도 그 후로는 만나지 못했다. 지금 이 역에서 내리면 리타가 가르쳐준 그 거리에 부르노의 빵집이 있을까…….

차창 밖으로 완만하게 굽은 목초지와 포도밭이 끊임없이 이어졌다. 포도밭은 과연 꼼꼼히 잘 다듬은 머리카락처럼 보이기도 한다. 먼 산 능선으로 오래된 성채 도시가 나타났다가 뒤쪽으로 사라져간다. 나무들은 넓은 벌판 여기저기에 자코메티의 조각처

피에로 델라 프란체스카, 「그리스도의 세례」, 1450년경, 목판에 템페라,
런던 내셔널 갤러리.

럼 가느다란 모습으로 서 있다. 빛의 색깔은 피에로 델라 프란체스카$^{Piero\ della\ Francesca}$(1412~1492)를 떠올리게 만든다. 특히 그의 대표작인 「그리스도의 세례」를.

피에로 델라 프란체스카는 아레초 근교에 있는 산간 마을 산세폴크로^{Sansepolcro}에서 구둣방 장인의 아들로 태어났다. 「그리스도의 세례」의 배경에는 화가가 태어난 고향의 풍경이 펼쳐져 있다. 동아시아의 온대 지역과는 확연히 다른 풍경, 리타가 '돌체'라고 표현했던 토스카나의 풍경이다.

밝고 친절하지만 신랄한 사회비평가였고 누이나 선생님처럼 나를 대해줬던 리타, 귀족 공산주의자 베를링구에르가 체현했던 유로코뮤니즘을 향한 기대, 남과 어울리기 싫어하는 성격을 바보 같은 농담으로 숨기고자 했던 젊은 시절의 나.……모두 멀리 사라져버렸다. 인생은 이다지도 속절없이 지나가버린다.

어린아이의 주먹만 한 돌멩이

열차는 페라라에 도착했다. 이곳에서는 인터넷으로 예약한 민박에 묵었다. 민박집 여주인의 이름은 베아트리체라고 했다. 단테의

1600년경 페라라의 옛 지도.

영원한 연인과 같은 이름. 역에는 베아트리체의 남편이 마중 나와서 파비아노라고 자기를 소개했다. 그 말 말고 영어는 한마디도 하지 않았다.

역에서 남동쪽으로 곧게 뻗은 카보우르 대로는 가로수가 늘어선 거리다. 그 길을 파비아노의 자동차를 타고 달렸다. 페라라는 9킬로미터가 넘는 성벽으로 둘러싸인 작은 도시다. 차에 오르자 예전에도 본 적이 있는 에스텐세 성이 이내 시야에 들어왔다. 렌터카로 베네치아에서 라벤나로 향하는 도중 아주 잠깐 페라라에 들른 적이 있었다. 바로 이 성 근처에서 여성 경찰관에게 주차 위반 딱지를 뗴일 뻔했지만 겨우 눈감아줘서 황급히 떠났다. 봐야 할 것을 대부분 놓친 채 언젠가는 이 도시에 꼭 다시 한 번 와야겠다는 생각을 하면서.

멀리 알프스에서 흘러내려온 거대한 포 강이 아드리아 해로 유입되는 이 지역에는 광대한 델타 지역이 형성되었다. 페라라는 그 삼각주의 중앙, 포 강의 지류인 볼라노 강 유역에 자리 잡고 있다. 예전에는 바다와 직접 맞닿은 좋은 항구였지만 서서히 퇴적된 토사로 인해 해안선이 뒤로 밀려났기 때문에 항구로서의 기능은 잃은 지 오래다. 페라라는 주변 지역을 포함해도 인구 약 13만 명 정도의 규모가 작은 도시다. 하지만 14세기에는 에스테Este 가문

페라라 유대인 거주구역의 비나탈리아타 거리.

이 도시를 정비하여 르네상스 시기의 문화 중심지 중 하나로 번성했다.

에스테 가문은 알폰소 2세가 정실부인으로부터 적자를 얻지 못했기 때문에 1597년에 교황 클레멘스 8세에게 봉토 반환을 요구받았고, 결국 다음 해 페라라 공국은 교황령으로 편입되었다. 이번에 페라라에 머물기로 마음먹었던 이유는 물론 이 도시에 남아 있는 르네상스 문화와, 여기서 꽤 가까운 라벤나를 다시 찾아 초기 그리스도교의 유산인 모자이크 예술을 만끽하려는 데 있었다. 하지만 그 목표를 넘어 가와시마 히데아키 선생의 저서 『이탈리아 유대인의 풍경』에 자세히 소개된 이 도시 유대인 거주구역에 서려 있는 공기를 체감하고 싶은 바람 또한 있었다.

인터넷에서 페라라의 숙소를 찾으면서 에스텐세 성과 대성당에 가까운 구시가에 자리한 비냐탈리아타 거리Via Vignatagliata의 민박을 예약했다. 대략 이 주변이라고 어림짐작했기 때문이다. 도착해보니 과연 옛 유대인 거주구역(게토)의 한가운데였다. 포도밭을 개간했다는 거리에는 가와시마 선생의 책에도 나와 있듯 "어린아이의 주먹만 한 돌멩이가 무수히" 깔려 있었다. 유대인들이 포 강변에서 주워와 모은 것이라 한다.

숙소는 오래된 주택의 2층이었고 집주인 부부는 5층에 살고

라벤나의 산타폴리나레 인 클라세 성당.

있었다. 모던하게 꾸민 실내에 가구와 세간도 근사했다.

　다음 날인 2월 28일은 아침부터 라벤나로 향해 산타폴리나레 인 클라세 성당^{Basilica di Sant'Apollinare in Classe}을 다시 찾아갔다가 라벤나 시내에 있는 단테의 묘지를 거쳐 저녁 무렵 페라라로 돌아왔다. 페라라 역에 인접한 유대인 박물관에도 가봤지만 아쉽게도 동계 폐관 중이었다. 해 지는 거리에서 숙소 방향이라고 짐작되는 쪽으로 걸어서 돌아왔다. 역사가 느껴지는 좁은 길은 여기저기 튼튼해 보이는 아치로 보강되어 있었다. 길바닥은 역시 "어린아이의 주먹만 한 돌멩이"가 깔려 있었다. 지도에서 확인해보니 '볼테거리^{Via delle Volte}'라고 한다. 예전 유대인 게토로 향하던 길이다. 기둥에는 녹슨 경첩 자국이 남아 있었다. 밤이 되면 게토로 출입하는 거리의 다섯 군데 철문을 굳게 닫고 유대인들을 가둬두었던 흔적이다.

　페라라의 군주였던 에스테 가문과 유대인 공동체는 우호적인 관계를 맺고 궁정 문화의 번영을 나눠가졌다. 그러나 가문이 끊기고 이 땅이 교황령으로 편입된 이후부터 유대인에 대한 차별과 통제가 강화되었다. 우르바누스 교황 치하였던 1624년부터 나폴레옹 군대에 의해 해방된 1796년까지, 유대인들은 이 좁은 구역에 갇혀 살아갔다. 당시 유럽에서는 당연했지만, 지금 보면 상

산타폴리나레 인 클라세 성당의 모자이크화.

상할 수 없는 차별이었다. 이런 차별의 강고한 벽에 균열을 내기 위해서는 프랑스 혁명까지 기다려야만 했다. 예전에 베네치아의 옛 게토를 방문했을 때, 그곳 박물관의 전시물 중에서 "게토의 문을 나폴레옹이 열어주었다."라는 취지를 담은, 주민들의 감사장을 본 적이 있다.

중정에는 나치에 의해 강제수용소로 이송되어 희생당한 주민들의 이름을 새긴 비석이 서 있었다. 이곳 페라라에서도 같은 일이 벌어졌던 것이다. 그런 사실을 녹슨 경첩이 이야기해주고 있었다. 그리고 게토에서 겨우 해방되었다고 생각한 지 얼마 지나지 않아 나치가 유럽의 점령지에 게토를 신설하여 전근대를 훨씬 뛰어넘는 학살 행위를 차례차례 펼쳐갔다. 역사는 반복되는 것이다. 최악의 형태를 띠고서.

지하 감옥

3월 1일 토요일은 시내 중심부를 천천히 둘러보았다. 주말인 탓인지 사람들로 북적거렸다. 로마와 달리 거리는 청결했고 오가는 사람들의 표정은 온화했다.

프란체스코 델 코사, 「5월-아폴로의 개선 행렬」, 1470년경, 프레스코, 페라라 스키파노이아 궁.

코스타빌리 궁Palazzo Costabili (고고학 박물관)에서 스키파노이아 궁Palazzo Schifanoia 으로 한 바퀴 돌았다. 에스테 가문의 옛 별장이던 스키파노이아 궁은 현재 시립미술관으로 사용되고 있다. 궁전 내부 '열두 달의 방Salone dei Mesi'의 벽에는 페라라파 화가 프란체스코 델 코사Francesco del Cossa (c.1430~c.1477)와 코시모 투라Cosimo Tura (c.1430~1495) 등이 그린 훌륭한 프레스코화가 남아 있다.

민박 주인이 추천한 레스토랑 라카노에서 점심을 먹은 후 페라라 공의 거처였던 에스텐세 성으로 향했다. 1385년에 지어진 이 성은 네 개의 탑을 갖고 있으며 건물 주위를 해자로 둘렀다. 성 주변과 중정에는 천막을 친 노점상이 펼쳐져 있었고 많은 시민들이 여기서 쉬고 있었다. 내부를 구경한 후 지하 감옥에 다다랐다. 사실 이 성의 지하에 감옥이 있다는 것은 미리 알고 있었지만, 직접 눈으로 확인하는 것이 좋을지는 판단하기 힘들었다. 이런 구경을 무서워하는 F를 배려하는 마음도 있긴 했지만 나 역시도 마음을 못 정한 상태였다.

나는 언제나 여행지에서 그런 음산한 것, 암울한 것에 이끌리고 만다. 물론 런던탑에도 가본 적이 있다. 그곳 중정에서 커다란 까마귀가 피에 젖은 부리로 쥐의 내장을 쪼아 먹는 장면을 보았다. 스코틀랜드의 던베건Dunvegan이라는 시골에 있는 성에 갔을

페라라의 에스텐세 성.

때도 감옥 터를 구경했다. 우물 바닥과도 같은 감옥 아래에서 간힌 자의 신음소리가 녹음기를 통해 재생되어 구경하는 사람들에게 들리게끔 만들어 놓은 곳이었다.

독일과 오스트리아에 남아 있는 나치 강제수용소 터에는 몇번이나 찾아갔다. 한국에 가면 서대문형무소 역사관도 종종 찾는다. 일부러 그런 장소에 발걸음을 옮기는 내 심정을 어떻게 설명해야 좋을지 모르겠다. 굳이 말하자면 인간의 잔혹함과 무자비함을 혐오하면서도 그것에 대해 더 알고 싶은 모순된 감정이다. 지적 탐구심이라는 말만으로는 설명할 수 없는 어떤 것, 셰익스피어의 작품(예를 들면 『멕베스』)에서 유발되는 감정과도 비슷하다.

미로 같은 좁은 통로를 더듬어 나아가보니 앞에 지하 감옥이 있었다. 천장도, 바닥도, 사방의 벽도 모두 돌로 만들어졌다. 해자 수면보다 위치가 낮아서인지 축축하게 젖어 있었다. 에스테 가문의 당주 니콜로 3세(1383~1441)는 명문 말라테스타 가문 출신의 파리시나를 두 번째 아내로 맞이했는데, 그녀는 자신보다 스무 살이나 어렸다. 어린 아내는 그의 사생아였던 우고와 불륜에 빠졌다. 열아홉 살과 스무 살이었던 두 사람은 이 지하 감옥에 유폐되어, 이후 참수에 처해졌다. 니콜로 3세는 그 후 얼마 지나지 않아 세 번째 결혼을 하지만 새로 맞은 아내도 파리시나의 망령에 시달

니콜로 3세 기마상.

리다 목을 매어 자살해버렸다고 한다.

니콜로 3세의 손자에 해당하는 알폰소 1세(1476~1534)는 공위를 계승한 직후 친동생 페란테와 이복동생 줄리오가 꾀한 음모에 직면했다. 알폰소 1세는 두 사람을 붙잡아 사형을 선고했지만 종신형으로 감형하여 각각 독방에 가두었다. 페란테는 34년 후에 독방에서 옥사했고, 줄리오는 53년을 감옥에서 보낸 후 81세의 나이로 석방되었다고 한다.

알폰소 1세는 친동생과 배다른 동생을 각각 수십 년이나 차갑고 습한 지하 감옥에 가두었던 셈이다. 게다가 같은 성 안에서 궁정의 의전은 물론, 연회 같은 일상이 계속 벌어졌다. 맛있는 음식에도 질렸을 때, 알폰소 1세는 잠깐이라도 지하 감옥에서 신음하는 동생들을 상상하지 않았을까? 분명 상상했을 것이다. 오히려 무슨 일이 있을 때마다 떠올려보고, 그런 상상이 냉혹한 기쁨을 증식시켜, 맛 좋은 술로 도취된 기분을 더더욱 북돋웠으리라. 이것이 인간이라는 존재다. 그렇지 않은가?

성 밖으로 나오자 축제 행렬과 맞닥뜨렸다. 르네상스 시대 사람들로 분장한 남녀가 거리에서 큰북과 나팔을 요란스레 울리며 줄지어 걸어가고 있었다. 입으로 불을 뿜으며 곡예를 펼치는 남자도 있었다. 600년 넘는 과거로 순식간에 돌아간 기분이었다.

도소 도시, 「에르콜레 1세의 초상」, 르네상스 시대, 유채, 모데나 에스텐테 미술관.

바티스타 도시, 「알폰소 1세의 초상」, 1530년경, 유채, 모데나 에스텐세 미술관.

나와 F는 그날 밤 시립극장의 연주회에 갈 예정이었기에, 천천히 축제를 즐길 수는 없었다. 연주회장에 도착하여 F가 갖고 온 티켓을 보여주니 안내원이 고개를 가로저었다. 연주회 티켓이 아니라 미리 사놓은 열차표였던 것이다. 허둥대며 진짜 티켓을 가지러 숙소에 갔다 오느라 베토벤의 바이올린 소나타 네 곡이라는 연주 목록 중에서 첫 번째 곡을 놓쳤다. 두 연주자는 예상과는 달리 음악대학 교수 느낌을 풍겼고, 성숙하고 안정된 연주를 보여주었다. 연주회장은 극장의 로비였는데 음향도 좋았고 실내 장식도 아름다웠다. 다음 날도 우리는 에스텐세 성에서 열린 고음악 연주회에 갔다. 연주 목록은 조스캥 데 프레^{Josquin Des Prez}(1440~1521)를 비롯한 16세기 전후의 르네상스 음악이었다.

15세기 후반부터 16세기 전반에 걸쳐 에르콜레 1세가 통치하던 시절, 페라라는 음악으로 명성이 자자한 문화 도시가 되었고 유럽 각지에서 음악가들이 모여들었다. 프랑스의 작곡가 조스캥 데 프레도 1504년에 페라라에 도착하여 궁정에서 일했다. 페라라 공을 위해 「미제레레^{Miserere}(불쌍히 여기소서)」를 작곡했지만 1년 후에 페라라를 떠났다고 한다. 그해 여름 발생한 페스트가 원인이라고 알려졌다. 알폰소 1세 역시 아버지 에르콜레 1세와 마찬가지로 음악 애호가였고 악기를 좋아했기 때문에 페라라에서는

피에로 델라 프란체스카, 「시지스몬도 판돌포 말라테스타의 초상」, 1451년경,
목판에 템페라와 유채, 파리 루브르 박물관.

류트가 유행하기도 했다.

옛 성의 어느 방에서 고악기 소리에 귀를 기울이는 동안 내 상상은 그 시대로 향했다. 옛날에도 이 방에서는 이런 음악이 연주되었으리라. 귀족과 귀부인들이 모여 우아한 가락을 감상했을 것이다. 그때도 죄수들은 이 성의 습한 지하 감옥에서 끝없고 무자비한 형벌에 신음하고 있었음이 틀림없다.

내가 생각하기에 르네상스 시대의 인물을 가장 잘 나타낸 회화는 피에로 델라 프란체스카가 그린 어느 초상화다. '리미니의 늑대Il lupo di Rimini'라는 별명을 가진 이 인물의 이름은 1417년에 태어난 용병 대장 시지스몬도 판돌포 말라테스타Sigismondo Pandolfo Malatesta. 전형적인 '르네상스인'의 풍모란 이런 것이 아닐까? 저 냉혹하기 그지없는 시선까지도 피에로 델라 프란체스카는 멋지게 포착해서 그려냈다. 단정하고 온화한 「그리스도의 세례」를 그린 화가가 한편으로는 이러한 초상화도 그렸다는 점은, 단박에 믿기 힘들 정도다. 하지만 이 극단적이기까지 한 양면성이야말로 르네상스라는 시대의 특징일 것이다.

『중세의 가을』(원서는 1919년, 한국어판은 문학과지성사, 1997년)에서 요한 하위징아는 "이 저술은 판 에이크와 그 제자들의 예술을 더욱 잘 이해하고, 그 그림을 그 시대의 생활 전체와 관련해

얀 판 에이크, 「롤랭 대주교와 성모」, 1435년경, 목판에 유채, 파리 루브르 박물관.

서 포착하고 싶다는 바람에서 출발했다."라고 말한다. 얀 판 에이크Jan van Eyck(1395~1441), 로히어르 판 데르 베이던Rogier van der Weyden(1399/1400~1464), 한스 멤링Hans Memling(c.1430~1494), 로베르 캉팽Robert Campin(c.1375~1444) 등 플랑드르파 회화의 명품은 단지 아름다울 뿐만 아니라 놀랄 만큼 생생하다. 어째서 14~15세기라는 시대에 이러한 명화가 집중적으로 탄생했던 걸까?

하위징아의 『중세의 가을』에 따르면, 그것은 페스트의 대유행, 유대인 학살, 백년전쟁, 십자군, 끊임없이 반복되던 기근처럼 혹독하고 무참한 사건으로 뒤덮였던 시대였기 때문이다.

재앙과 빈곤이 누그러질 날이 없었다. 역겨우리만큼 가혹했다. (……) 영예와 부를 열심히 바라며 탐욕에 사로잡혔던 것도, 지금과는 비교할 수 없이 참혹하기 그지없던 가난으로 인해 그 차이가 명예와 불명예의 대조처럼 너무나도 극명했기 때문이다. (……) 처형을 비롯한 법의 집행, 큰 소리로 떠드는 행상들, 결혼식이나 장례식 등을 알리는 행렬 뒤로 고함 소리, 애도하는 울음, 그리고 음악이 따라왔다.

이런 혼란한 시대가 역설적이게도 보석과도 같은 플랑드르파의

에스텐세 성벽에 붙어 있는 페라라 학살 사건의 희생자 추모 명판.

그림을 낳았던 셈이다. 하위징아의 저 묘사도, 말하자면 앞서 언급한 르네상스 시대의 '극단적이기까지 한 양면성'은 아니었을까.

잔혹한 밤

에스텐세 성의 바깥쪽 해자를 따라 쌓은 벽 두 곳에는 하얀 비석을 박아놓았다. 비문을 요약하면 다음과 같다(아래의 서술은 가와시마 선생의 책을 참조했다).

> 1943년 11월 15일 새벽. 시민 열한 명을 학살함에 따라, 전횡 체제가 나치 독일과의 공범 행위를 시작했다. 정치적 자유를 회복한 페라라는 정의와 신과 평화의 이념 아래, 이 비열한 범죄를 규탄한다. 1945년 11월 15일.

1943년 7월 연합군의 시칠리아 상륙을 계기로 독재자 무솔리니는 실각하고 7월 25일에 국왕으로부터 해임을 고지받아 체포당한다. 피에트로 바돌리오 원수가 후임으로 수반을 맡게 된 신정부는 1943년 9월 8일에 연합군과 단독 휴전을 맺었다. 20년에 걸

비토레 하나우와 마리오 하나우.

친 파시즘의 지배와 4년 동안 이어진 큰 전쟁에 드디어 종지부를 찍는 듯 보였다. 그렇지만 이탈리아 북반부는 곧 독일군에 의해 점령당했다.

감금되어 있던 무솔리니는 9월 12일 나치 친위대에게 구출되었고 독일의 지원을 받아 북이탈리아의 살로에 이탈리아 사회공화국RSI이라는 독일의 괴뢰정권을 수립했다. RSI군은 독일군과 연대하여 연합군과 반파시스트 세력에 맞섰다. 빈사 상태였던 파시즘 세력이 결사적으로 광기 어린 반격을 시도하던 정세 아래, 페라라의 시민학살사건이 일어났던 것이다.

트럭을 나누어 타고 베로나와 파도바에서 들이닥친 파시스트군은 반파시스트 지식인, 변호사, 유대인 등 열한 명을 사살하고, 시신을 에스텐세 성의 해자 근처에 방치하며 본보기로 삼았다. 희생자 중에는 가죽 상인이던 비토레 하나우와 마리오 하나우라는 유대인 부자가 있었다. 페라라에서도 나치(파시스트)에 의해 많은 유대인이 체포되어 강제수용소로 이송되었지만, 이들은 게토의 헛간으로 피했기 때문에 1943년 9월의 대규모 유대인 사냥은 면할 수 있었다. 비유대인이자 경건한 가톨릭 교도였던 부인이 마루 밑 구멍으로 넣어준 음식으로 연명하며 숨어 있었지만 결국 발각되어 집에서 끌려 나와 사살당했다.

플로레스타노 반치니 감독의 「1943년의 어느 긴 밤」,
1960년. 조르조 바사니의 소설을 원작으로 한 영화로 페라라 유대인 학살 사건을 다루고 있다.

명망 있던 반파시즘 사상가 피에로 칼라만드레이[Piero Calamandrei]는 1950년 11월 15일, 이 학살사건에 대해 추도 연설을 하며 이렇게 말했다.

1943년 11월 14일부터 15일에 걸쳐 밤중에 페라라에서 일어났던 일은, 7월 25일에 대한 복수였습니다. 그날, 저도 모르게 안심하고 미소를 띠며 이제 유혈의 시기는 끝났다고 믿은 사람들, 즉 이탈리아 민중 대부분에 대한 복수였습니다. (……) 베로나에서 온 파시스트 부대원들이 학살 행위를 끝낸 후, 임무를 마친 것에 만족하며 희생자들을 시커멓게 산처럼 쌓아 성 앞에 내팽개친 채, 술집에서 밤새 떠들며 마셨던 일을 기억해주셨으면 합니다…….

이 사건은 조르조 바사니[Giorgio Bassani](1916~2000)의 단편소설 「1943년 어느 날 밤」에도 묘사되었고 이를 원작으로 삼은 영화 「1943년의 어느 긴 밤(1960)이 제작되기도 했다(일본에서는 「잔혹한 밤」이라는 제목으로 개봉되었다). 바사니에 대해, 그리고 이 소설과 영화에 대해 말해야 할 것은 많지만, 나 같은 문외한에게는 벅찬 일이라 가와시마 선생의 책을 일독하기를 권한다.

페라라의 유대인 묘지.

어머니 꿈

3월 2일은 아침부터 차가운 비가 내렸다. 느지막이 일어나 디아만티 궁^{Palazzo dei Diamanti}(고전회화관)을 가볍게 둘러봤다. 상설 전시장에는 지역 화가들인 페라라파의 고전회화가 전시되어 있었고, 기획 전시장은 앙리 마티스^{Henri Matisse}(1869~1954)로 꾸며져 많은 관람객들로 붐볐다.

전시를 본 후 도시 북동쪽 구석에 있는 유대인 묘지까지 우산을 쓰고 걸었다. 철문으로 된 정문은 닫혀 있었지만 관리인실의 초인종을 누르자 관리인 노파가 나타나 명부에 이름과 주소를 쓰게 하고 입장시켜주었다. 가톨릭 교도의 묘지와는 대조적인 간소한 비석이 비에 젖은 채 늘어서 있었다. 이 도시에서도 나치의 유대인 절명 정책으로 인해 게토에서 강제수용소로 이송되어 희생당한 사람들이 분명 적지 않을 것이다. 묘비에 새겨진 몰년을 차근차근 살펴보면 확실히 알 수 있다. 그러한 눈으로 묘비를 쳐다보는 일이 어느덧 나의 습관이 되었다. 하지만 이곳, 페라라에서는 그럴 기분이 들지 않았다. 지쳐서 집중력을 잃었던 탓인지도 모른다.

돌아오는 길에 로메이 저택^{Casa Romei}(에스테 가문의 딸과 결혼한

페라라의 유대인 묘지.

행정관의 집)에 들렀는데 몸이 불안정하게 떨렸다. 오른쪽 시야 아래쪽에 검은 그림자가 보이더니 좀처럼 사라지지 않았다. 여행 떠나기 얼마 전 폭설이 내리던 밤, 지바에서 덮친 병이 재발한 걸까. 숙소로 돌아와 한 시간 정도 누워 있었다. 이유도 없이 눈물이 스며 나와 그치지 않았다. 눈이 피곤해서일 것이다.

여행을 시작할 무렵부터 집요하게 뇌리에서 떠나지 않던 어두운 생각이, 다시 솟아올랐다. 가능하다면 나는 그런 생각을 긴 소설로 풀어내고 싶다. 목숨이 다하기 전에, 그 검은 것들을 토해내고 싶다. 그렇지만 단편적인 세부가 떠올랐다가 사라질 뿐이라서 어떤 소설이 될지 아직 형태도 갖추지 못했다. 아주 조금 생각해둔 것은 소설의 무대가 어제 본 저 에스텐세 성의 지하 감옥 같은 공간이라는 점이다. 여기가 어디인지, 지금이 언제인지, 내가 누구인지도 알지 못하게 된 인물이 그곳에 있다. 아마도 그 인물은 나 자신일 것이다.

오후부터 이케부쿠로의 찻집에서 예전부터 알고 지내던 철학자 T교수 일행과 연구회가 예정되어 있었기 때문에, 나는 서둘러 이불을 개고 있었다. 그러자 어느새 어머니가 나타나, "넌 참 얄미워."라고 말했다. "어? 내가 얄밉다고?" 나는 엉겁결에 반문했다. "지금까지 60년의 인생에서, 스무 살 이후 40년간을 이런 식

으로 살아온 내가 얄밉다고?" 격앙된 나는 눈물을 글썽이며 어머니께 대들었다. 나의 부모도, 적지 않은 친구와 지인들도 심하게 상처 입고 괴로워하며 세상을 떠났다. 그런데, 나만은 살아남았다. 그것은 사실이다. 그 점이 '얄미운' 걸까……. 어느새 잠에 빠져, 꿈을 꾼 것이었다.

어머니는 1980년에 돌아가셨다. 60세의 나이였다. 한국의 감옥에 갇힌 아들 둘을 두고 석방의 희망도 갖지 못한 채 비참한 병으로 죽어갔다. 출혈이 심해 점점 체온이 떨어져가던 어머니의 귀에 입을 대고, 소리를 질렀다. "어머니, 아침까지 참아야 돼. 아침이 되면 편해질 거야!" 그러자 이미 의식이 없는 듯했던 어머니는 희미하게 눈을 뜨고 이렇게 대답했다. "아침까지? 아직 아직 멀었잖아……." 겉치레로 아무렇게나 말하지 마, 그런 의미였을까. 몇 시간 후 차가워진 어머니는 숨을 거두었다. 3년 후, 아버지도 같은 병으로 세상을 떠났다. 그리고 나는 유럽 각지를 떠돌며 잔혹한 도상과 그림들을 찾아다니게 되었다. 어느덧 길게도, 한순간처럼 짧게도 생각되던 그런 세월이 흘러버린 후 형들은 석방되었고, (행운이라고 말해야만 하겠지만) 나는 글쟁이가 되어 책을 내고 대학에 자리를 얻어 그럭저럭 무난한 삶을 살아오고 있다. 하지만 이런 모든 상황에 대해 '진실은 이렇지 않아, 이럴 리는 없어.'라는

감각이 떠나지 않는다. 부모가 세상을 떠났을 때의 나이도 훌쩍 넘겨버린 지금, 과연 나 자신의 인생은 이대로 괜찮을 걸까. 이 생각은 언제까지나 매듭지어지지 않는다.

꿈일지언정 오랜만에 어머니와 만났다. 그 꿈은 어머니가 저 세상에서 내려와 나에게 경고한 것은 아니었을까 하는 생각이 든다. 네가 쓰고자 하는 소설에는 아직 번지르르한 겉치레나 자기 보신적인 속임수가 있다고, 진실은 더욱, 더욱 어두운 것이라고.

3월 3일, 페라라에서 밀라노로 떠날 날이 왔다. 집주인 파비아노가 내려와 자기 집에 가자고 했다. 따라갔더니 직접 만든 살라미와 치즈로 점심을 대접해주었다. 여기서 20킬로미터 떨어진 시골에 아그리투리스모agriturismo(민박이 가능한 농가)를 가지고 있다고 한다. 아내 베아트리체는 유치원 영양사로 지금도 현역으로 일하는 중이다. 그리고 개 한 마리와 고양이 두 마리. 점심을 먹고 있는 사이 고등학교를 다니는 아들이 돌아와 아버지가 만든 샌드위치 도시락을 들고 다시 나갔다.

집주인에게 작별 인사를 한 후, 나는 골목길을 빠져나와 또 다른 경사진 거리를 걸었다. 예전에는 '가타마르차Gattamarcia(길고양이) 거리'라고 불렸던 길이지만, 더 옆쪽 구석

으로 구부러져 들어가면 막다른 골목이 있다. '토르치코다 Torcicoda(꼬부라진 꼬리)'라는 이름이 남아 있는 골목. 저렇게 깊숙하고 조용한 막다른 곳이었을까? 가죽 상인 하나우 부자가 마루 밑에 몸을 숨겼던 곳은.

내가 쓴 글이 아니다. 가와시마 선생의 책을 인용한 문장이다. 페라라를 떠나는 날, 책에 나온 글을 실마리로 삼아 나도 하나우 부자의 은신처를 찾아가 보았다. 머물던 숙소에서 엎어지면 코 닿을 거리였다. 하지만 "더 옆쪽 구석으로 구부러져 들어간……" 곳에서부터 길은 알 수 없었고, 이미 떠날 시간이 다가와 있었다.

자동차로 역까지 데려다준 파비아노는 플랫폼까지 우리를 배웅했다. 옛 유대인 거리 한복판에 살고 있는 그도 혹시 유대인이지는 않을까? 그렇다면 친척과 지인 중에서도 희생자가 분명 있었을 것이다. 그들 일가가 앞으로 하나우 부자와 같은 운명에 처해지지 않으리라 단언할 수 있을까? 그렇게 잘라 말할 수 없을 것 같다. 보란 듯이 드러났던 인간의 어리석음과 냉혹함을 목격했기 때문이다.

헤어질 때 파비아노가 새삼스레 물었다. "당신은 뭐 하는 사람이오?" 서툰 프랑스어로 대화를 나눠야 해서 복잡한 내용은 말

Castello Estense

Palazzo Costabili

Palazzo Schifanoia

Duomo di Orvieto

Palazzo dei Diamanti

Museo di Casa Romei

Basilica di Sant'
Apollinare in Classe

할 수 없었다. "작가요. 프리모 레비에 대해 책을 쓴 적도 있죠."라고 간략히 대답하자, "아, 프리모 레비. 좋군요."라며 그는 크게 고개를 끄덕였다.

4장

볼로냐·밀라노

대합실

3월 3일 월요일, 페라라 역을 출발해 밀라노로 향한다. 밀라노에 가려면 볼로냐에서 열차를 환승해야 한다. 도시의 위치 때문이다. 일본이라면 나고야, 한국이라면 대전과 같다고나 할까. 볼로냐는 로마, 피렌체에서 밀라노로 가는 도중에 있어 베네치아와 트리에스테로 갈 때는 이곳을 분기점 삼아 동쪽으로 향하게 된다. 이탈리아 반도에서 정치와 문화의 여러 중심지 중에서 어디를 기준으로 두어도 중앙에 위치한다. 물론 볼로냐에도 구경할 만한 것들이 많다. 하지만 정해진 일정으로 바쁘게 여기저기를 돌아다니는 관광객은 무심결에 통과해버리고 만다. 나 역시 예전에 몇 번씩이나 지나치기만 했고, 차에서 내려 도시를 거닐어본 경험은 두 번밖에 없다. 아쉽지만 이번에도 열차를 바꿔 타기만 할 뿐이다.

페라라에서 볼로냐까지는 40분. 열차는 평탄한 포 강 삼각주를 느릿하게 달려간다. 봄기운이 느껴지지만 바깥 공기는 여전히 차다.

볼로냐 역 대합실에서 갈아탈 열차를 기다리는 동안, 실내 한쪽 구석에서 기념비 같은 것을 발견했다. 예전에는 못 보고 지나친 비석이다. "1980년 8월 2일, 파시스트 테러의 희생자들"이라

1980년 볼로냐 폭탄 테러 사건 현상.

고 쓰여 있다. 바닥에는 폭발의 흔적이 남아 있고 누군가 바친 꽃다발도 놓여 있다.

'폭탄 테러'라고 하면 요즘은 반사적으로 '이슬람 과격파'를 떠올린다. 허나 이러한 연상은 너무나 좁고 단편적인 시각이다.

볼로냐 역 폭탄 테러 사건은 1980년 8월 2일 아침, 이 장소에서 일어났다. 85명이 사망하고 200명 넘게 부상을 당한 이 사건을 두고 네오파시즘 테러 조직 '무장혁명중핵NAR'과 '붉은 여단'이 자신들의 소행이라며 매스컴에 알려왔다. 동시에 이탈리아 '군사정보기관SISMI'의 멤버 두 명과 전 조직원 한 명, 그리고 극우 정당 '이탈리아사회운동MSI'의 대표 리초 젤리Licio Gelli도 고발당했다. 이탈리아 정부는 처음에는 '사고에 의한 폭발'로 추정했지만, 그 후 조사를 통해 '무장혁명중핵'이 일으킨 테러로 단정했다. 그러나 지금까지도 그들이 어떤 정치적 동기로 테러를 일으켰는지 명확하게 밝혀진 바가 없다. 폭탄 테러로 많은 시민을 살상한 후 그 죄를 당시 이탈리아에서 세력을 키워가고 있던 공산주의자에게 뒤집어씌우려는 목적이 아니었을까 추측하기도 한다. 1980년이라면 앞에서 다루었던 공산당 지도자 엔리코 베를링구에르가 아직 살아 있을 때다.

아우슈비츠 수용소에서 생환했던 프리모 레비의 첫 번째 저

볼로냐 역에 붙어 있는 폭탄 테러 사건의 추모 명판.

서 『이것이 인간인가』는 전쟁이 끝나고 2년이 지난 1947년에 간행되었다. 1972년에 출간된 개정판에서 레비는 「젊은이들에게」라는 제목의 서문을 덧붙였다.

> 지금, 파시즘은 패배했다. 이탈리아에서도 독일에서도, 자신들이 바랐던 전쟁에 의해 일소되었다. 두 나라는 완전히 새롭게 모습을 바꾸고 폐허로부터 일어나 힘겨운 재건의 길을 걷고자 했다. (……) 그로부터 사반세기가 지난 오늘날, 주위를 둘러보면 우리는 '안심하기에는 너무 이르지 않은가?'라는 걱정과 두려움을 품을 수밖에 없다.

이런 말 뒤에 레비는 베르톨트 브레히트Bertolt Brecht의 시구를 덧붙여 인용한다.

> 이런 괴물을 낳은 자궁은 여전히 건재하다.

그때로부터 또 8년이 지나, 볼로냐 역 대합실에서 폭탄 테러가 일어났다.

조르조 모란디.

모란디

대합실에 앉아 예전에 볼로냐에 왔던 때가 언제였는지 되돌아본다. 내가 이 도시에 마지막으로 내렸던 것은 2007년 12월이었다. 프리모 레비 사후 20주년 행사에 참석하기 위해 방문했던 피렌체에 체재하면서 이곳을 거점으로 삼아 아시시나 시에나처럼 하루에 다녀올 수 있는 여러 도시를 둘러보던 무렵이다. 그때 볼로냐를 찾았던 가장 큰 이유는 조르조 모란디^{Giorgio Morandi}(1890~1964)였다. 모란디는 내가 은밀히 사랑하는 화가 중 한 명이다. '은밀히'라는 말을 쓴 까닭은 "이 점이 좋다."라고 명확히 말하기가 쉽지 않고, 또 언제부터, 왜 좋아하게 되었는지를 스스로도 확실히 깨닫지 못하기 때문이다. 언제부터인가 내 속에 자리 잡아버렸다, 이런 표현이 어울릴 법한 느낌을 주는 화가다.

세계 각지의 미술관을 돌아다녔던 젊은 시절에는 항상 그림엽서를 몇 장씩 사는 습관이 있었다. 도록은 무겁고 가격도 비싸서 정말로 좋은 전시가 아니면 선뜻 사기가 어렵다. 그 대신 마음에 들었던 작품의 그림엽서를 몇 장 사곤 했다. 그중에는 언제나 모란디가 슬그머니 끼어들어 있었다. 모란디의 작품은 강하게 자기주장을 하지 않는다. 색채는 온후하고 담백하다. 알베르 마르

볼로냐 코무날레 궁.

케Albert Marquet (1875~1947)가 주는 인상과도 어딘가 공통점이 있다. 모란디가 다루었던 제재는 풍경도 있지만 대체로 병이나 식기와 같이 정물이 많다. 명료한 기억과 맺어져 있지 않은 사물들. 너무나 자연스레 모란디는 늘 나의 곁에 있었다. 왜 그랬던 걸까?

내가 조금이라도 의식하면서 모란디의 작품을 보았던 것은 1990년 4월 교토 국립근대미술관에서 열린 「모란디 전展」으로 기억한다. 동행했던 F에게 "모란디 좋아해?"라고 물었더니 "물론!"이라고 바로 답했다. "어디가 좋아?"라고 되묻자, "무기적이지만, 유기적이니까."라고 역시 즉답이 돌아왔다. 무기적이지만 유기적……. 과연 그렇다.

2007년 그때, 이런 옛일을 떠올리면서 모란디와 다시 만나기 위해 볼로냐로 나섰던 것이다.

역에서 옛 왕궁과 볼로냐 대학으로 이어지는 인디펜덴차 거리Via dell'Indipendenza는 양쪽을 낡은 주랑(포르티코)으로 꾸며 중세의 공기가 짙게 남아 있다. 그 길을 남쪽으로 1킬로미터 정도 곧장 걸어간 지점에 시 청사인 코무날레 궁Palazzo Comunale이 있고, 이 건물의 3층이 모란디 미술관이다. 이곳은 예전에 교황 대리 사절의 거처로 사용됐다. 건물 외벽에는 레지스탕스 운동의 희생자 2000명의 사진이 촘촘히 걸려 있다. 이탈리아의 거리를 걷다 보면 파시

코무날레 궁 내부.

즘과 반파시즘 레지스탕스 사이의 치열한 투쟁의 역사가 곳곳에서 드러나는데, 이곳 역시 예외는 아니다.

그 후, 2012년부터 모란디 미술관은 일시적으로 볼로냐 현대미술관MAMbo으로 이전했다. 또한 모란디가 오랫동안 아틀리에로 썼던 폰다차 거리Via Fondazza.에 있는 아파트의 소박한 방 하나는 2009년부터 '모란디의 집Casa Morandi'이라는 이름으로 개방하고 있다. 내가 마지막으로 찾았던 2007년에는 두 곳 다 미완성이어서 가보지는 못했다.

시 청사로 들어가 브라만테가 설계했다는 주 계단을 통해 3층까지 오르면 모란디가 '좋아하는 모델들'(그는 자신이 즐겨 그렸던 병과 항아리를 이렇게 불렀다)이 똑바로 늘어서서 맞이해준다. 교황 권력의 위세를 보여주는 시 청사의 장려한 내부 장식과는 무척 대조적이었다. 어울리지 않는 듯, 혹은 기묘하게 어울리는 듯 보이기도 했다.

볼로냐에서 태어난 조르조 모란디는 이 도시와 근교의 피서지 그리차나Grizzana에서 생애 대부분을 보냈다. 이탈리아 바깥으로 나간 적은 거의 없어서 1956년 파리 여행이 첫 번째 외국 방문이었다. 그는 볼로냐의 폰다차 거리에 있는 아틀리에의 어둑어둑한 방에 틀어박혀 병과 항아리를 질리지도 않고 거듭해서 그리면

'모란디의 집'에 보존된 그의 아틀리에.

서 지냈다.

1907년에 볼로냐의 미술학교에 입학해 1913년까지 그곳에서 그림을 배운 모란디는 특정한 화파에 속한 적이 거의 없었다. 1914년부터 볼로냐의 초등학교 데생 교사가 되어 1929년까지 그 직장에 머물렀고, 1930년에는 볼로냐 미술학교의 판화 교수로 임명받아 제2차 세계대전 이후인 1956년까지 근무했다. 미술사학자 로베르토 롱기[Roberto Longhi]는 1934년 볼로냐 대학에서 열린 강의에서 모란디를 "현존하는 이탈리아 최고 화가"로 평가했다. 1964년 고향 볼로냐에서 삶을 마친 모란디는 평생 독신으로 지냈고 함께 살았던 세 명의 누이동생이 그를 돌보았다고 한다.

고전과 근대, 구상과 추상

이십 몇 년 전 교토에서 보았던 모란디 전시의 카탈로그에 수록된 메르체데스 가르베리[Mercedes Garberi]의 글 「조르조 모란디─추상과 실재」에는 모란디를 이해하기 위한 실마리가 담겨 있다.

사실 모란디의 작품은 고전적이며, 동시에 근대적이다.

조르조 모란디, 「정물」, 1951년, 캔버스에 유채, 볼로냐 모란디 미술관.

수학과 비례, 그리고 균형이라는 차원에서 본다면 (이들 요소는 모든 시대에서 나타나는 고전성의 특징이므로) 틀림없이 고전적이다. 그러나 다른 한편으로 문학적이거나 일화와 같은 요소의 존재를 최소한으로 억제하고 구도를 순수한 리듬과 조형 언어의 조화로 환원한다는 점에서는 근대적이다. 모란디의 작품을 보면서 그것이 무엇을 표현하고 있는지를 묻는 사람은 더 이상 아무도 없다. (……) 이런 의미에서 모란디의 작품은 읽는 것이 이미 불가능하다. 보는 것만이 가능할 따름이다. 여기에는 회화의 주제, 즉 무엇이 표현되어 있는가를 문제삼지 않는 자세가 엿보인다. (……) 말하자면 언제나 같은 병, 같은 사물을 그리는 일 자체가 그 사물들이 중요한 것은 아니라는 점을 이해시키고 있는 셈이다. 중요한 것은 회화이며, 예술이다.

그가 똑같은 병이나 항아리를 질리지도 않고 계속 그려낼 수 있었던 까닭은 병과 항아리를 표현하고 싶었기 때문이 아니다. 병이나 항아리에 관련된 에피소드를 이야기하기 위해서는 더더욱 아니다. 모란디의 작품은 매우 구체적인 사물을 끊임없이 그려냄으로써 성립하는 비대상 회화, 요컨대 구상에 철저한 추상이라고도

조르조 모란디, 「정물」, 1952년, 캔버스에 유채, 볼로냐 모란디 미술관.

말할 수 있다. "무기적이지만 유기적인" 모란디는 고전적이지만 근대적이며, 구상적이지만 추상적인 화가다.

화가로 활동하던 초창기에 모란디는 미래파 운동과 접촉을 가졌다. 1914년 3월 볼로냐의 바리오니 호텔에서 하룻밤 동안만 열린 미래파 전시에 출품 작가 다섯 명 가운데 한 명으로서 작품을 선보인 적도 있다. 그러나 미래파와의 접근은 이 시기만으로 끝났던 듯하다.

1909년 발표된 「미래파 선언」은 "굉음을 내며 질주하는 자동차는 사모트라케의 승리의 여신 니케보다 아름답다."라며 '속도의 미'를 찬미했다.

우리들은 세계 유일의 위생학인 전쟁, 군국주의, 애국주의, 무정부주의의 파괴적인 행동, 목숨을 바칠 가치가 있는 아름다운 이상, 그리고 여성 멸시에 영광을 돌리며 찬미하고 싶다.

「미래파 선언」 속에는 근대의 다이너미즘Dynamism(기계나 속도의 미와 관련된 역동주의)에 대한 예찬, 낡은 교권주의에 대한 반항, 그리고 파시즘으로 연결되는 파괴 충동이 혼란스레 뒤섞인 채 이야기

1926년 밀라노에서 열린 「노베첸토 이탈리아노」 전시회 카탈로그.

되고 있다. 하지만 모란디의 미학은 '속도의 미'와는 완전히 반대편에 있었다. 그가 이 운동과 거리를 둔 것은 자연스러운 일이었다고 생각된다.

1926년과 1929년에는 모란디 역시 밀라노에서 열린 「노베첸토 이탈리아노Novecento Italiano」 전시회에 참가하기도 했다. 베니토 무솔리니를 따르는 파시스트당이 로마 진군을 실행한 해가 1922년, 무솔리니가 '파시즘 독재 선언'을 한 것은 1925년의 일이다. 미술계에서는 무솔리니의 애인 마르게리타 사르파티가 대변인 노릇을 하며 파시즘이 공인하는 예술운동인 '노베첸토'를 전개했다. 이 운동의 목적은 이탈리아 미술의 위대한 전통, 특히 고대 로마에서 르네상스에 이르는 고전미술을 현대에 맞게 부흥시켜 파시즘의 애국주의에 기여하게끔 만드는 것이었다. 모란디도 당시 이탈리아 미술가를 휩쓴 이 운동과 무관할 수 없었던 듯하다. 모란디의 미학을 "정해진 포름(형태)의 극"과 "정해지지 않은 포름의 극" 사이의 긴장 관계로 설명하는 미술평론가 프란체스코 아르칸젤리Francesco Arcangeli는 이 시기의 모란디가 '부정형인 포름의 극'에 경도되어 있었다고 보았다. 아르칸젤리는 이러한 조형 의식이, 견고하고 명확한 형태를 이탈리아적인 이상으로 우러러봤던 의사擬似 고전주의적 예술운동인 노베첸토 미학에 대한 모란

조르조 바사니와 프란체스코 아르칸젤리.

디만의 "설령 소극적이고 암묵적이며 거의 무의식적이라고 할지라도 더욱 심원했던 항의의 자세"였다고 서술한다.(오카다 아쓰시, 『모란디와 그의 시대』, 진분쇼인, 2003년 참조) 즉 모란디는 정치사상의 차원에서는 아닐지라도 미학적 실천의 차원에서는 파시즘에 대한 저항을 시도했다고 말하고 있는 셈이다.

훌륭한 장인

1943년 5월 23일, 연합군의 시칠리아 상륙으로 인해 무솔리니가 실각하기 약 두 달 전쯤 모란디는 파시스트 당국에 체포되어 구치소로 이송됐다. 반파시즘의 이념을 따라 1942년 여름부터 볼로냐, 밀라노, 피렌체 등 각지에서 '행동당'이 결성되었는데 모란디도 이 당과 관련이 있다고 의심받았기 때문이다. 그때 같은 혐의로 연행된 사람 가운데 조르조 바사니(3장 「페라라」 참조), 시인 아틸리오 베르톨루치Attilio Bertolucci, 훗날 모란디 평전을 쓰게 되는 미술사학자 아르칸젤리 등이 있었다(토리노의 프리모 레비도 이후 행동당에 가입하여 산악 지대에서 레지스탕스 활동을 펼치다가 체포되어 아우슈비츠로 이송됐다).

조르조 모란디, 「자화상」, 1925년, 캔버스에 유채, 마나니 로카 재단 미술관.

결국 모란디는 6일 동안 구치소에 갇혔다가 친구들이 당국을 상대로 벌인 탄원 운동으로 석방되었다. 실제로 모란디는 행동당의 젊은이들과 단순한 친분 관계였을 뿐이었다. 다만 파시즘에 저항했던 젊은이들이 모두 모란디의 숭배자였고 볼로냐 대학에서 미술사 강좌를 열었던 로베르토 롱기의 제자였다. 롱기는 이후 다음과 같은 분석을 내렸다. 행동당의 젊은이들에게 모란디는 "태어나면서부터 자유로운 존재, 모든 웅변이나 과잉, 격렬함과 천박함에 대립하는 존재, 바꿔 말하면 파시스트적 신념이 전제로 하는 폭력적 사고와 정신적인 퇴락과 대립하는 그런 존재"로서 커다란 버팀목 역할을 한 사람이었다. "그리하여 조르조 모란디는 유서 깊은 도시 볼로냐에서 위대한 유럽 장인의 노래를 이탈리아 풍으로 부르게 된 것이다."(오카다 아쓰시, 앞의 책)

모란디는 반파시즘 사상가는 아니다. 아무래도 실천가라고는 말하기 어렵다. 그러나 저 고난의 시대에, 10년을 하루처럼 병과 항아리를 계속 그려나갔던 '훌륭한 장인'으로서, 파시즘과는 양립할 수 없는 미적 실천을 관철해갔다.

그런데 '고전성', '고요함', '조화', '엄격'과 같이 오늘날에는 폭넓게 받아들여지는 모란디의 이미지에 관해 근래 들어 비판적 주석이 덧붙여지고 있다. 모란디에 대한 이런 기존의 이미지는 화가

볼로냐 대학으로 쓰였던 아르키진나시오 궁과
해부학 강의실.

자신이 적극적으로 의도하고 개입함으로써 형성되었다는 지적이다.(오카다, 앞의 책) 다시 말해 '훌륭한 장인 모란디'라는 이미지 자체가 그의 '작품'이었다면, 모란디를 찬탄하는 나의 마음은 더욱 깊어진다. 모란디는 세상에서 벌어지는 여러 사건과 예술운동의 동향에 무감각하지 않았다. 그는 자신의 의지로 '거리'를 두는 법을 '선택'했던 것이다. 아무래도 피렌체와 베네치아, 로마와 밀라노의 중간에 위치한 볼로냐의 예술가다운 '선택'이었다고도 말할 수 있겠다.

시 청사를 나와 마졸레 광장 남쪽으로 걸으면 아르키진나시오 궁Palazzo della Archiginnasio이라는 건물에 유럽에서 가장 오래된 옛 볼로냐 대학이 있다. 그곳에 들러 세계 최초로 인체 해부가 이루어졌다는 해부학 계단강의실을 구경했다. 현재 대학은 시내의 볼로냐 시립가극장 옆으로 이전했다.

역으로 돌아오는 도중에 왼편 몬테그라파 거리에 위치한 다넬로da Nello라는 오래된 레스토랑에 갔다. 수백 년 전부터 영업을 했을 법한 레스토랑 지하에는 손님이 가득했다. 산지의 신선한 재료를 사용한 요리는 맛있었고 가격도 적당했다. 모란디는 때때로 금욕적인 수도사처럼 묘사되지만 실제로는 거리 산책을 좋아했고 맛 좋은 음식과 와인을 즐겼다고 한다. 이 유서 깊은 식당에도

밀라노 대성당.

종종 찾아와 구석 테이블에 자리를 잡았을지도 모른다. 그를 존경하고 따르던 '젊은이들'이 거리를 거닐다가 잠깐 들러 인사를 하면, 조용히 손을 흔들며 답했을지도 모른다.

여기까지가 2007년 12월에 볼로냐를 찾았던 이야기다. 2014년 3월의 나는 볼로냐에 들르지 못한 채, 열차를 갈아타고 밀라노로 향했다.

노베첸토

16시 40분 정각, 밀라노 중앙역에 도착했다. 굉장한 인파. 차가운 비가 내리고 있었다. 택시를 타고 인터넷으로 예약해둔 단기 임대 아파트로 향했다. 방은 좁지만 깨끗했고 교통도 편리했다. 다 좋았지만 바로 한 층 밑에 사는 사람이 금세 "발소리가 시끄럽다."라며 주의를 주러 올라왔다.

다음날 아침 푸블리치 공원을 산책하면서 통과하여 카보우르 광장과 몬테 나폴레오네 거리를 거쳐 두오모(밀라노 대성당)로 향했다. 지하도에 있는 스칼라 극장의 매표소에 가니, 운 좋게도 공연 티켓이 남아 있다고 하여 베르디^{Giuseppe}

노베첸토 미술관.

Verdi(1813~1901)의 「일 트로바토레」, 림스키-코르사코프Nikolai Rimsky-Korsakov(1844~1908)의 「황제의 신부」, 발레 공연 「주얼」의 티켓을 구입했다.

근처에 있는 바가티 발세키 박물관Museo Bagatti Valsecchi(일명 귀족의 집)을 구경하고 그곳 앞뜰에 있는 레스토랑에서 점심을 먹었다. 그리스풍의 샐러드, 리조토, 문어와 감자 요리였다.

조금 떨어진 자리에서 다니엘 바렌보임Daniel Barenboim(1942~)이 일행 세 명과 함께 식사를 하고 있는 모습이 눈에 띄었다. 그는 우리가 티켓을 구입한 5일 공연의 「황제의 신부」를 지휘할 예정이었다. "저기 바렌보임이 있어."라고 F에게 알려줬다. 돌아가는 길에 F가 바렌보임의 자리 옆으로 가서 인사를 건네자 바렌보임은 기분 좋게 응대해주었다.

일단 숙소로 돌아와 옷을 갈아입고, 오후 7시 30분에 스칼라 극장으로 향했다. 오늘 밤의 공연은 「일 트로바토레」. 궁정을 향해 복수를 도모했던 집시 노파가 처형당하는 슬픈 대목에서 F는 울었다.

다음 날 아침 두오모 광장에 있는 노베첸토 미술관Museo del Novecento(20세기 미술관)에 가보았다. 기대 이상이었다. 예전에도 몇 번 밀라노에 왔었지만 새로 개관한 이곳은 이번이 처음이었

주세페 펠리차 다 볼페도, 「제4계급」, 1901년, 캔버스에 유채, 밀라노 노베첸토 미술관.

다. 원래 델라렌가리오 궁Palazzo dell'Arengario이라는 이름으로 지어
진 이 건물은 파시즘의 절정기인 1930년대에 착공되었고 무솔리
니가 광장을 향해 연설할 수 있게끔 설계되었다. 전쟁을 치른 후
1956년에 완공되어 밀라노 시의 사무실과 관광국으로 사용되다
가 2010년 12월에 미술관으로 개관했다.

입구로 들어가니 바로 정면에 주세페 펠리차 다 볼페도
Giuseppe Pellizza da Volpedo (1868~1907)의 대표작「제4계급」이 눈에 들
어온다. 교회(제1계급), 귀족(제2계급), 부르주아(제3계급)에게 학대
당해 왔던 제4계급인 노동자의 각성을 그린 작품이다. 화면 속에
는 남성 두 명과 여성 한 명이 선두에 서 있고 그 뒤를 따라 노동자
들이 힘차게 행진하고 있다. 이탈리아 및 유럽 전역의 진보파와
사회주의자들의 상징이 된 작품이다. 이 작품을 그린 펠리차는
1868년 피에몬테 지방의 볼페도에서 태어났고 1907년 아내의 돌
연한 죽음 이후 아틀리에에서 목을 매 자살했다. 40세의 젊은 나
이였다.

베르나르도 베르톨루치 감독의 영화「1900년」은 1976년에
만들어졌지만 일본에서는 1982년에 개봉했다. 그 당시 살던 교토
의 어느 극장에서 이 영화를 보았던 기억이 있다.

1901년 포 강 유역의 베를링기에리 농장에서 남자아이 두 명

베르나르도 베르톨루치 감독의 「1900년」, 1976년.

이 태어난다. 소작인 집안에서 태어난 올모(제라르 드파르디외)와, 지주의 아들인 알프레도(로버트 드 니로)였다. 서로 다른 계급 출신이지만 소꿉친구였던 두 사람을 중심으로 20세기 초반부터 제1차 세계대전, 파시즘의 대두로부터 제2차 세계대전이 끝나기까지의 이탈리아 현대사를 그려낸 작품이다.

영화 속에서 베를링기에리 가문의 농장 관리인이자 지주의 심복 아틸라(도널드 서덜랜드)는 파시스트 간부가 되어 농민들을 괴롭히며 반항하는 자를 학살한다. 1945년 4월 25일, 해방의 날이 오자 아틸라는 농민들에게 붙잡혀 처형당하고 지주 알프레도는 인민재판에 처해진다. 그러나 올모가 농민들 앞에서 '지주의 죽음'을 선고하고, 그 산증인이라고 할 수 있는 알프레도를 죽여서는 안 된다고 주장한 덕분에 겨우 목숨을 건진다. 긴 세월이 흘러 노인이 된 두 사람은 어린 시절과 마찬가지로 아웅다웅하면서도 함께 삶을 보낸다. 어느 날 알프레도는 옛 시절 추억의 장소에 찾아가 예전에 올모가 하던 장난을 떠올리며 철로 위에 몸을 누인다.

덧붙이자면 베르톨루치 감독의 아버지 아틸리오는 반파시즘 운동에 투신하여 연행된 적이 있었고, 조르조 모란디를 경애하던 '젊은이' 중 한 명이었다. 이런 대하 서사시적 작품의 오프닝

L'ALBERO DEGLI ZOCCOLI
un film scritto e diretto da
ERMANNO OLMI

interpretato da contadini e gente della campagna bergamasca
una produzione RAI-Radiotelevisione Italiana Italnoleggio Cinematografico
musiche di J.S.Bach eseguite all'organo da FERNANDO GERMANI
gevacolor / positivi cinecittà

에르마노 올미 감독의 「나막신 나무」, 1978년.

타이틀에 쓰인 그림이 바로 펠리차의 「제4계급」이었다.

「1900년」보다 앞서, 에르만노 올미Ermanno Olmi 감독의 「나막신 나무」를 본 기억도 있다. 일본에서는 1년 후인 1979년에 개봉했는데 그 무렵 일정한 직업도, 희망도 없이 시간만 남아돌던 나는 그저 영화만 보러 다녔다.

「나막신 나무」는 19세기 말 북부 이탈리아 베르가모의 농촌을 무대로, 수확의 3분의 2를 지주에게 바쳐야 하는 가혹한 착취 속에서 살아가던 농민들의 생활을 그린 영화다. 집에서 멀리 떨어진 학교로 통학하던 소년의 나막신이 어느 날 망가져버린다. 튼튼한 새 신을 사줄 여유가 없던 아버지는 강을 따라 무성하게 자란 포플러 나무를 베어 새 나막신을 만들어주려 했지만 그 나무조차 지주의 소유물이었다. 아버지는 지주에게 책망을 받고, 결국 쫓겨난 가족은 어슴푸레한 새벽에 어디론가 떠난다.

영화 자체로는 「나막신 나무」가 「1900년」보다 내 취향에 맞는다. 북부 이탈리아 농촌의 사계절을 담담히 그린 영상이 무척 회화적이면서 피터르 브뤼헐Pieter Bruegel(1525~1569)의 농민 그림을 떠올리게 하여 서양미술을 향한 동경을 북돋기도 했다. 1983년에 처음 서양미술 순례를 나선 내게 밀라노는 여행의 목적지 중에서도 당연히 찾아가야 할 곳이었다. 아마도 두 영화의 영

마리노 마리니.

향일 듯도 하다. 지금 밀라노에서 펠리차의 「제4계급」과 재회하고
보니 30년 전의 나 자신과 만난 기분이 들었다. 「나막신 나무」에
그려진 포 강변의 가을빛이 나 자신의 마음속 풍경처럼 여겨졌다.

초상의 숲

노베첸토 미술관에는 20세기 이후의 작품 약 350점이 전시되
어 있다. 인터내셔널 아방가르드(피카소, 모딜리아니 등), 미래파(움
베르토 보초니Umberto Boccioni (1882~1916) 등), 조르조 모란디, 조르
조 데 키리코, 아르투로 마르티니Arturo Martini (1889~1947), 마리오
시로니 같은 화가들의 작품이다. 위층으로 올라가면 루초 폰타
나, 통로를 지나 옆 건물 레알레 궁Palazzo Reale에는 마리노 마리니
Marino Marini (1901~1980)의 조각과 회화가 전시되어 있다.

아, 마리니! 무심결에 탄성이 흘러나왔다. 그다지 넓지 않은
전시실에는 다양한 인물의 흉상이 나무처럼 늘어서 있었다. 마치
초상의 숲 속에서 헤매는 듯한 기분이 들었다.

자신의 초상 조각에 대해 마리니는 이렇게 말했다.

마리노 마리니, 「자각상」, 1942년, 청동, 미야자키현립미술관.

나는, 나의 예술적 양심과 개인 생활을 동일시함으로써 예술을 지배하려 하는 파시즘과 제국주의자의 정열에 반항했다. 그리하여 너무나 재현적이라고 생각되는 것을 전부 피해갔다.

이런 생각으로 "저렇게 주인이 누군지 알 수 없는 묘지의 초상 조각과 비슷한 흉상을 만들었다."라고 마리니는 말한다. 그가 제작한 초상 조각은 놀라우리만큼 모델의 특징을 잘 잡아냈기에 충분히 '닮았지만' 그렇다고 그것이 작가가 목표했던 지점은 아니었다. 마리니의 초상 조각은 개인의 명성을 기리기 위한 작품이 아니다. 따라서 이 조각들은 '에트루리아의 묘지'에서 발굴된 고대인 조각상과도 비슷하다.

내가 마리니의 초상 조각에 매료된 것은 이때가 처음은 아니다. 1996년, 토리노로 향하던 도중에 밀라노를 찾았던 적이 있다. 그때가 이미 세 번째 방문이었다. 그 시절의 이야기를 졸저 『시대의 증언자 쁘리모 레비를 찾아서』에서 인용해본다.

"나의 기마상은 금세기 사건들에서 기인하는 고뇌의 표현이다."라고 마리니는 말했다. 그는 1930년대부터 기마상을

마리노 마리니, 「기적(고딕 성당)」, 1943년, 석고, 밀라노 브레라 회화미술관.

제작하기 시작했지만, 말년에 이를수록 기수가 말을 통제할 수 없게 되어 점점 더 가파르게 몸을 뒤로 젖히게 된다. 고뇌가 점차 깊어져갔던 것이다. (······) 그렇지만 그날 내 마음을 사로잡은 것은 기마상이 아니었다. 자칫하면 못 보고 지나쳐버렸을 듯한 작은 남성 반신상이었다. 「Il Miracolo」라는 제목이 붙어 있었다. 기적, 이라는 의미일까?

피에로인 듯하지만 가슴에 십자가를 건 모습을 보니 성직자일지도 모른다. 작은 머리, 비스듬히 아래로 내리깐 시선, 가냘프고 긴 목선. 살짝 익살맞은 그 모습은 애달프기도 했고, 가슴 저미는 평화이기도 했다.

　브레라 회화미술관에서 만났던 조각상의 모든 인상이 마음에 스며들어 오랫동안 잊혀지지 않았다.

불안의 상징

지금 내 앞에는 마리노 마리니 전시회의 도록이 있다. 1978년 4월 도쿄국립근대미술관에서 열린 전시였다. 일본에서 최초로 개최

마리노 마리니, 「기수에 대한 아이디어Idea del Cavaliere」, 1955년, 청동, 밀라노 노베첸토 미술관.

된 본격적인 마리니 전람회였던 듯하다. 그 무렵, 나는 일본의 지방 도시에서 답답하고 울적한 하루하루를 보내고 있었기에 아마 전시회를 직접 찾아가지는 않았을 것이다. 훗날 교토의 헌책방에서 도록을 샀을지도 모른다.

마리노 마리니는 1901년 토스카나 주에 있는 도시 피스토이아의 은행가 집안에서 태어났다. 1917년에 쌍둥이 여동생 에글레와 함께 피렌체의 미술학교에 입학했던 마리니는 일찍부터 다양한 국제전에 출품하여 경력을 쌓았고 1940년에는 밀라노의 브레라 미술학교 교수가 되었다. 1941년, 폭격으로 아틀리에와 작품이 파괴되자 그는 아내와 함께 스위스로 피신했다. 1943년부터 「기적」 연작을 착수했으므로 예전에 내가 브레라 회화미술관에서 본 작품은 그중 한 점일지도 모른다. 종전 후인 1946년에 그는 이탈리아로 돌아와 밀라노에 거처를 정하고 1952년 베네치아 비엔날레에서 그랑프리를 수상하는 등, 국제적으로 높은 평가를 받았다. 스위스에서 피난 생활을 하던 시기가 있기는 했지만 저런 시대 속에서 비교적 평온한 생애를 보냈다고 할 수 있을 것이다. 그래도 작가의 마음속에 자리 잡은 불안은 전쟁이 끝난 뒤에 점점 격화되었던 듯하다. 마리니는 "나의 기마상은 불안의 상징이다." 라고 말한 적이 있다. 전쟁이 끝나고 파시스트는 일단 사라졌음에

마리노 마리니, 「기적(말과 기수)」, 1959~1960년, 청동, 밀라노 브레라 회화미술관.

도 불구하고 1950년대 제작된 마리니의 기마 인물상은 점점 더 몸을 격하게 뒤로 젖힌다.

앞서 이야기했던 마리노 마리니의 전시 도록에 에리히 슈타인그레버Erich Steingräber가 쓴 서문에는 이런 문장이 있다.

> 마리니는 승리를 자랑하는 기념비나 힘을 상징하는 작품은 단 한 점도 만들지 않았다.

그리고 1958년에 마리니는 이렇게 말했다.

> 나에 관해서 이야기한다면, 영웅의 승리를 축하할 마음은 결코 없습니다. 무언가 비극적인 것, 인류에게 있어 일종의 황혼이라든가, 승리보다는 패배를 표현할 수 있으면 좋겠다고 생각합니다. (……) 나는 우리 세계가 종말에 직면하고 있다고 나름 진지하게 믿고 있는 셈입니다.

이렇듯 마리니가 자기 나름대로 '진지'했다는 점은 사실일 것이다. 그렇다고 피상적으로 이런 점에만 주시한다면 이 예술가의 본령을 제대로 보지 못하고 놓쳐버리는 것은 아닐까?

마리노 마리니, 「성채의 천사」, 1948년, 청동, 베네치아 페기 구겐하임 미술관.

비엔날레를 보러 베네치아를 찾았을 때, 페기 구겐하임 미술
관에 간 적이 있다. 물론 잭슨 폴록Jackson Polock(1912~1956)이나 프
랜시스 베이컨Francis Bacon(1909~1992) 등 꼭 봐야 할 화가의 작품들
때문이었지만, 어떻게 해서든 내 눈으로 확인해보고 싶다고 생각
했던 작품이 소장되어 있었기 때문이기도 했다. 마리니의 기마 인
물상 「성채의 천사」였다. 페기 구겐하임Peggy Guggenheim의 자서전
『어느 미술 중독자의 고백』(원서 초판은 1960년, 일본어판은 『20세기
의 예술과 살다』, 미스즈 쇼보, 1994년, 한국어판은 『페기 구겐하임 자서전
어느 미술 중독자의 고백』, 김남주 옮김, 민음인, 2009년)에는 1949년 가
을에 열린 조각 전람회에 관해 다음과 같은 서술이 있다.

조각 전시를 위해 작품 한 점을 빌리러 갔다가 유일하게
손에 넣을 수 있었던 그 작품을 구입한 것이다. 그것은 말과
기수를 조각한 작품으로, 무아경 속에 깃든 두 팔을 활짝 벌
리고 있었고, 이 상태를 강조하기 위해 마리니는 음경을 완전
히 발기한 상태로 만들었다. 그런데 나를 위해 그 작품을 청
동으로 주조하는 과정에서 음경을 분리해 마음대로 꺼웠다
뺄 수 있게 해주었다. 마리니는 그 조각을 지사 관저를 마주보
는 대운하에 면한 앞뜰에 설치하고 「성채의 천사」라는 제목

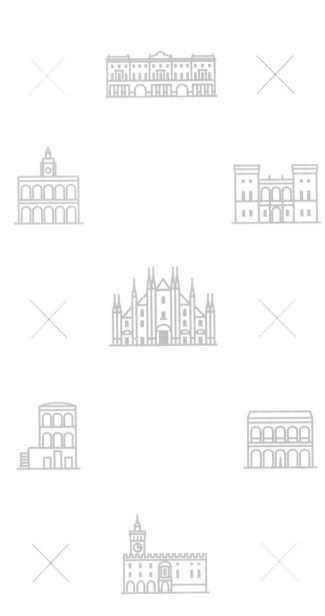

을 붙였다. (……) 특별한 행사가 열려 로마가톨릭회의 수녀들이 모터보트를 타고 우리 집 앞을 지날 때면, 나는 말 탄 사내의 음경을 떼어내 서랍 속에 넣어두었다. (……) 내가 다양한 크기의 음경을 갖고 있다가 필요한 경우 사용한다는 소문이 베네치아에 퍼져나갔다.

이 대목을 읽었을 때, 나는 어떻게 해서든지 이 기마상을 보지 않으면 안 되겠다는 생각이 들었다. 그 바람이 실현되어 가까이서 보니 과연 페기 구겐하임이 썼던 그대로의 느낌이었다. 감탄이 나왔지만 그 부분만을 너무 응시해서도 안 되었다.

현대 세계의 고뇌를 진지하게 표현하고자 했던 마리니는 한편으로는 장난기 넘치는 사람이기도 했다. 진지함과 모순되는 것은 아니다. 오히려 이러한 점이 마리니의 표현이 가진 온화함과 풍성함의 비밀이며, 초상 조각에서 회화 작품까지 관통하고 있는, 쉽사리 도달하기 어려운 장점이다.

아우슈비츠의 생존자 프리모 레비의 문학에서도 이와 비슷한 유머가 느껴진다. 파시스트에게 남편을 참혹하게 잃은 작가 나탈리아 긴츠부르그의 문학에서도 마찬가지다. 이러한 성격을 '이탈리아적'이라고 해도 좋을지는 알 수 없다. 하지만 적어도 독일어

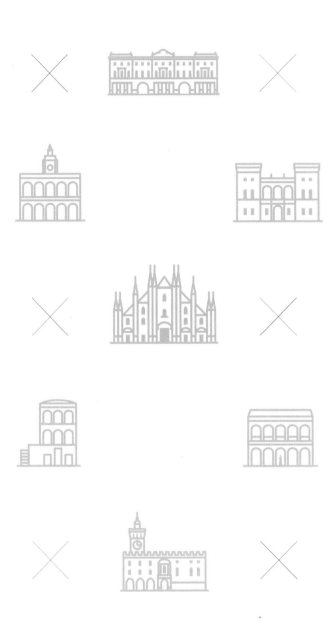

권의 예술가들에게서는 발견하기 힘든 특징일 것이다. 내가 좋아하는 것도 바로 이러한 특징이다.

뜻하지 않게 마리니의 작품을 만끽할 수 있어 만족스러웠다. 미술관 가장 위층에 있는, 두오모 광장이 내려다보이는 전망 좋은 레스토랑에서 점심을 먹었다.

"이탈리아를 위해 죽는 것은 죽는 것이 아니다."

1937년의 크리스마스, 밀라노 대성당의 정면에는 불사를 약속하는 글귀를 크게 써넣은 거대한 장막이 걸렸다. 스페인 시민전쟁 당시 프랑코파 반란군 지원에 파병된 이탈리아 군 전몰자를 추도하기 위한 문구였다. 한편 이탈리아 각지로부터 인민전선파 의용병으로 참전한 사람들도 수없이 많았으며, 이러한 투쟁이 훗날 반파시즘 레지스탕스로 이어졌다.

지금 그 광장은 전 세계로부터 찾아온 관광객들로 붐빈다. 중국인처럼 보이는 신혼부부가 기념촬영을 하고 있다. 지금 내가 보고 있는 것은 환영일까?

Museo d'Arte
Moderna di Bologna

Palazzo della
Archiginnasio

Museo Bagatti Valsecchi

Piazza del Duomo

Museo del Novecent

Pinacoteca di Brera

Palazzo Comunale

스칼라리니

밀라노 대성당 앞 노베첸토 미술관에서 내가 만난 또 하나의 보물
은 주세페 스칼라리니^{Giuseppe Scalarini}(1873~1948)의 작품이었다. 스
칼라리니는 예전에 이탈리아 사회당 기관지였던 《아반티!》의 삽
화가로 일했다. 베니토 무솔리니가 파시스트가 되기 전 한때 이
잡지의 편집장을 맡기도 했다.

19세기 말부터 사회주의자였던 스칼라리니는 《아반티!》를
무대로 평화주의와 반군국주의 사상에 근거한 풍자화를 그렸는
데, 노동자 계급에 대한 착취와 에티오피아 침략 전쟁에 반대했기
때문에 종종 탄압을 받았다. 그는 검은 셔츠단^{Black Shirts}(파시스트
의 전위 활동대)에게 습격당해 중상을 입기도 했다. 1940년에 구속
된 이후 계속 감시 대상이 되었지만 1943년 살로 공화국(나치 독일
이 실각한 무솔리니를 앞세워 수립한 괴뢰 정권) 경찰의 체포를 면하고
종전 후까지 살아남았다. 1948년 12월 밀라노에서 사망하기까지
스칼라리니는 1만 3000여 점의 드로잉을 남겼다.

스칼라리니의 생애는 19세기 말부터 20세기 전반기에 걸쳐
이탈리아 사회가 경험했던 두 차례의 세계대전과 파시즘을 냉엄
하게 비춰준다. 지극히 치열했던 자신의 경험을 이런 유머에 실어

Piedistallo di pace capitalistica.

7195 – Pag 68

주세페 스칼라리니.

주세페 스칼라리니의 드로잉 「자본주의 평화의 사다리」, 1919년.

표현할 수 있다니. 정치적 저항과 해학이 어우러진 최고의 결합은 이탈리아 이외에서는 좀처럼 찾기 어려운 특질이 아닐까(프리모 레비, 나탈리아 긴츠부르그의 작품에서도 이는 공통적으로 드러난다). 스칼라리니는 일본에서는(아마 한국에서도) 잘 알려진 작가가 아니다. 이번에 그의 작품을 한꺼번에 볼 수 있었던 것은 뜻밖의 수확이었다.

노베첸토 미술관에서 일단 숙소로 돌아가 잠깐 휴식을 취한 후 옷을 갈아입고 스칼라 극장으로 향했다. 우리가 본 공연은 '큰 다니엘'이 지휘하는 림스키-코르사코프의 「황제의 신부」였다. 나와 F는 다니엘 바렌보임을 '큰 다니엘'이라고 부른다. '작은 다니엘'은 다니엘 하딩Daniel Harding이다. 스칼라 극장까지는 지하철을 타면 금방이다. 그런데 포르타 베네치아 역에 갔더니 입구의 철문이 모두 닫혀 있었다. 역무원에게 묻자 쌀쌀맞게 "큐조!chiuso!(닫혔음)"라고만 말하고는 휙 가버린다. 영문을 알 수 없었다. 퇴근길 러시아워에 이유도 알리지 않은 채 지하철이 멈추다니.

트램을 타고 가기로 황급히 계획을 바꿨다. 전차를 기다리는 중년 부부에게 "지하철이 멈췄는데 왜 그렇죠?"라고 물어도 "이탈리아니까……"라며 어깨를 으쓱할 뿐이었다.

몇 분 늦게 스칼라 극장에 도착했다. 이미 공연이 시작되어 원

빌라 네키 캄필리오.

래 예약해둔 자리에 앉지 못했다. 그러나 안내원이 막간 휴식 때 발코니 좌석으로 안내해주었다. 나름대로 흥미롭고 쾌적했다. 이런 식의 융통성도 이탈리아니까 가능한 것이 아닐까?

큰 다니엘이 지휘하는 오페라는 과거에도 몇 번 들은 적이 있지만 한편으로는 솔직히 조금 조잡한 연주라는 생각이 들기도 했다. 잘츠부르크 음악제에서 「돈 조반니」를 공연했을 때는 관중석에서 야유가 들린 적도 있다. 게다가 바렌보임도 이젠 고령이어서 이번 공연 역시 그다지 기대하지 않았다. 그런데 예상을 깬 호연을 펼쳤다. 러시아계 성악가들의 실력도 좋았다. F 역시 대만족. 밤늦게 다시 트램을 타고 돌아왔다.

다음 날은 피곤한 탓에 돌아다니려니 꽤 힘들었다. 천천히 브레라 회화미술관으로 향해 안드레아 만테냐Andrea Mantegna (1431~1506)와 잔 로렌초 베르니니Gian Lorenzo Bernini (1598~1680) 같은 미술가와 재회한 후 빌라 네키 캄필리오Villa Necchi Campiglio 미술관에도 들렀다. 재봉틀 제조업으로 재산을 모은 부르주아의 저택이다. 두 곳 모두 재미있었지만 상세한 서술은 다음 기회로 미룬다.

5장

토리노 I

하얗게 빛나는 봉우리

3월 7일은 토리노를 당일치기로 다녀오기 위해 고속 열차를 예약한 날이다. 하지만 심한 피로감에 위통과 다리와 허리의 통증이 겹치고 미열까지 있었다. 망설인 끝에 취소하고 하루 연기해서 토리노행에 도전하기로 했다.

8일은 아침 6시에 일어났다. 맑은 날씨였다. 7시 넘어 역으로 나가 토리노로 출발했다. 나에게는 세 번째 토리노 방문이다. 처음은 1996년. 이 여행에서 받은 인상을 바탕으로 『프리모 레비를 찾아가는 여행』(한국어판은 『시대의 증언자 쁘리모 레비를 찾아서』)을 썼다. 두 번째 여정이었던 2002년에는 방송 촬영을 위해 NHK의 다큐멘터리 제작팀이 동행했다. 이때 찍은 다큐멘터리는 「아우슈비츠의 증언자는 왜 자살했는가」라는 제목으로 방영됐다. 12년이 지난 지금, 다시 한 번 이 특별한 도시를 찾아 분위기를 느껴보고 싶었다. 무엇이 변했고, 무엇이 바뀌지 않고 그대로 남아 있을까. 그리고 나 자신은 어떻게 변했을까. 그 장소에 직접 몸을 두고서 느껴보고 싶었다.

날은 아주 화창했다. 밀라노를 빠져나와 토리노로 가는 도중에 노바라Novara라는 도시를 지나자 차창 너머로 멀리 눈에 덮여

오기와라 로쿠잔.

빛나는 알프스의 봉우리들이 보였다. "아즈미노安曇野 같아……." 라는 말이 옆자리에 앉은 F의 입에서 새어나왔다.

　아즈미노는 일본의 중부 지역인 나가노 현의 어느 지방을 가리킨다. 사방이 높고 험난한 산으로 둘러싸인 마쓰모토 분지의 일부다. 일본 북알프스 계곡에서 흘러내리는 맑은 물의 혜택을 받아 지금은 관광산업과 과수 재배로 윤택한 지역이 되었지만 옛날에는 한랭한 기후 때문에 주민들은 가난과 싸워야 했다. 내가 가끔 머무는 신슈信州의 산장에서도 자동차로 한 시간 정도밖에 안 걸려 그다지 멀지 않은 곳이다. 나와 F는 젊은 시절부터 아즈미노를 몇 번이고 찾았다. 지금도 먼 곳에서 손님이 오면 이곳으로 자주 안내한다.

　조각가 오기와라 로쿠잔荻原碌山(본명은 오기와라 모리에, 1879~1910)은 열일곱 살 때 고향인 아즈미노의 마을에서 우연히 선배 소마 아이조相馬愛蔵에게 시집온 소마 곳코相馬黒光를 만났다. 그녀는 문학과 예술에 조예가 깊었다. 서유럽의 선진적인 문화와 예술 사조가 발하는 빛이 소마 곳코라는 한 여성의 모습을 빌려 산골 마을을 비추었다. 다감한 성격이던 소년은 그 빛과 접촉하면서 예술가의 삶을 살기로 결심했다. 로쿠잔은 1901년 미국으로 건너가 고학으로 서양화의 기초를 배웠다. 1903년에는 프랑스 파리를 방

오기와라 로쿠잔, 「여인」, 1910년, 청동, 도쿄국립근대미술관.

문하여 오귀스트 로댕의 「생각하는 사람」을 보고 충격을 받아 화가에서 조각가가 되기로 마음을 바꿨다. 1906년에는 미국에서 다시 프랑스로 건너가 1907년 「갱부」를 제작하고 귀국했다.

소마 아이조와 아내 곳코는 도쿄에서 나카무라야中村屋라는, 당시로선 아직 드물던 제과점을 열어 젊은 예술가들을 성심껏 지원했다. 나카무라야는 곳코를 중심으로 하는 일종의 문화 살롱이 되었다. 이윽고 로쿠잔은 연상의 유부녀였던 곳코에게 격렬한 연정을 품게 되고 그런 고통 속에서 뼈를 깎듯 작품을 만들어냈다. 로쿠잔은 만 서른 살의 나이로 병사했는데 만년의 대표작은 「절망」과 「여인」이다.

로쿠잔의 작품은 현재 아즈미노 시의 로쿠잔 미술관이 소장하여 전시하고 있다. 미술관 입구에는 로쿠잔의 좌우명이 새겨져 있다. "Beauty is struggle(아름다움은 고투다)."

나카무라야는 도쿄 신주쿠에 지금도 남아 있는데 그 일대는 한때 곳코 주변으로 모여들었던 예술가들의 작품을 전시하는 미술관이 들어섰다.

아름답지만 빈곤했던 땅 아즈미노는 근대 일본의 유명한 예술가와 지식인들을 배출했다. 그리고 이곳에서 일본의 자유주의적 문화의 한 계보가 생겨났다. 소설 『아즈미노』의 저자이자 문예

이와나미쇼텐의 창업자 이와나미 시게오.

평론가인 우스이 요시미臼井吉見(1905~1987), 유서 깊은 출판사 치쿠마쇼보筑摩書房의 창업자 후루타 아키라古田晁(1906~1973)도 아즈미노 출신이다. 아울러 이와나미쇼텐岩波書店의 창업자 이와나미 시게오岩波茂雄(1881~1946)는 아즈미노는 아니지만 같은 나가노 현의 스와諏訪에서 태어났다.

'아즈미노'라는 소리가 주는 울림은 나에게 단순한 지명 이상의, 이를테면 '인문주의의 빛' 같은 이미지를 떠올리게 한다. 차창 밖의 풍경을 보고 F의 입에서 흘러나온 말은 물론 하얀 눈이 덮인 산의 풍광을 가리켰을 테지만, 나에게는 직감적으로 그 너머의 의미까지 담겨 있는 듯했다. 마찬가지로 '토리노', '피에몬테', '아오스타' 같은 발음이 주는 울림 역시 나에게 단순한 지명 이상의 의미로 다가온다.

카페 바라티

오전 9시, 토리노의 포르타 누오바 역에 도착했다. 거리의 인상은 예전에 방문했을 때와 비교해 거의 바뀌지 않았다. 같은 이탈리아지만 로마나 밀라노와는 많이 다르다. 사람들의 옷차림은 수수하

프리모 레비의 묘비.

고 표정은 차분히 가라앉아 있다. 과거에 투숙했던, 역 옆에 있던 호텔인 튜린 팰리스를 찾았지만 다른 곳으로 이전해 옛 건물은 이미 폐쇄되어 있었다.

친절한 여학생에게 물어서 역 앞에서 공동묘지로 향하는 버스를 탔다. 묘지에 도착하자 예전에 본 기억이 있는 정문으로 많은 사람들이 드나들었다. 날씨 좋은 토요일이라 묘지를 찾은 듯했다. 장례식도 몇 건이나 치러졌다.

광대하게 펼쳐진 묘지로 들어가서 유대인 묘역을 향해 걸었다. 하지만 도착해보니 묘역 입구 철문이 닫힌 채 자물쇠로 잠겨 있었다. 금요일과 토요일은 유대교 안식일에 해당하므로 묘역의 문을 아예 닫아버린다. 알고 있었지만 컨디션이 좋지 않아 밀라노에서 하루 이틀 쉬다 보니 요일 감각이 헝클어져버린 탓이다. 모처럼 멀리서 찾아왔는데 프리모 레비의 무덤에 가볼 수가 없다니. 철책 너머로 예전에 본 적이 있는 그의 묘비가 눈에 들어왔다. 거기에는 '174517'이라는 숫자가 새겨져 있다. 아우슈비츠에서 왼쪽 팔뚝에 문신으로 새긴 죄수 번호다.

1996년의 첫 방문으로부터 18년, 2002년 두 번째 방문과 촬영으로부터 12년이 지난 지금, 레비의 묘비를 둘러싼 관목은 더 자란 것 같았다. 그 동안 레비의 아내 루치아 씨와 토리노에 거주

하던 아우슈비츠 생존자 줄리아나 테데스키 씨 등 많은 관계자들도 이제 세상을 떠났다. 산증인들이 차례차례 사라져갔다.

유대인 묘역을 떠날 때쯤 벽에 사각형의 하얗고 커다란 명판이 설치되어 있는 것을 발견했다. 예전에는 몰랐는데 여기에는 나치에게 희생당했던 토리노 지역 유대인의 이름이 새겨져 있었다. F가 말했다. "레비Levi라는 성이 많네." 정말로 거의 스무 명이 넘는 '레비들'이 있었다.

버스를 타고 시내 카스텔로 광장으로 되돌아와 그리웠던 카페 바라티에 들러 한숨 돌렸다. 1997년에 나와 F는 하노버의 슈프렝겔 미술관에서 펠릭스 곤잘레스-토레스Felix Gonzalez-Torres(1957~1996)의 개인전을 본 적이 있다. 쿠바에서 태어나 미국에서 활동한 곤잘레스-토레스는 1996년 에이즈 합병증으로 삶을 마감했다. 우리가 본 전시는 그의 사후 1주년을 기리는 회고전이었다. 전시장 구석에 마치 모래나 자갈, 시멘트처럼 사탕을 쌓아놓은 설치 작품이 눈에 띄었다.

어찌나 화사한, 절로 미소를 머금게 하는 작품이었는지, 나와 F는 보는 순간 바로 빠져들었다. 관람객들이 쌓여 있는 사탕을 한두 개씩 집어 갈 수 있게 했는데 사탕 포장지에는 'Baratti'라는 글자가 인쇄되어 있었다. 바로 토리노의 유서 깊은 카페에서 만든

토리노에 있는 카페 바라티 앤 밀라노.

사탕이었다. 하지만 나중에 생각해보니 그건 사탕으로 만든 묘지였는지도 모르겠다. 저 사탕의 산 속에 작가의 시신이 무릎을 끌어안고 웅크린 자세로 묻혀 있다. 허나 끔찍하지도 비통하지도 않다. 어디까지나 이 작가다운 화려한 죽음이리라. 그런 망상도 문득 떠올랐다.

그리고 5년 후인 2002년에 우리는 실제로 카페 바라티를 찾아갈 수 있었다. NHK 다큐멘터리 팀의 가마쿠라 히데야 감독에게 제안해서 카페 내부도 촬영했다. 내가 커피를 마시며 지도를 검토하는 장면을 거기서 찍었다. 이번에 다시 바라티를 찾아간 이유는 나 자신의 과거를 그리워하는 심정과 요절한 곤잘레스-토레스를 추모하는 마음 때문이었다. 바라티에서 간단히 점심을 먹었다. F는 토끼고기로 만든 스튜를, 나는 카레 풍미의 닭고기 요리를 골랐지만 어딘가 조금 아쉬웠다. 세월이 지나서 솜씨가 예전보다 못한 걸까, 아니면 우리의 입맛이 변한 걸까.

증인

잠시 쉰 후 카스텔로 광장에서 트램을 타고 레 움베르토 거리로

레 움베르토 거리 75번지, 프리모 레비가 살던 아파트.

향했다. 이 거리도 예전에 온 적이 있었다. 조금 헤맸지만 75번지에 있는 프리모 레비의 아파트를 찾아냈다. 옛날과 조금도 변함없는 모습이었다. 아버지 대부터 살았던 이 집을 레비는 "피부처럼 자연스러운" 정든 곳이라고 묘사했다. 문패를 보면 4층의 두 집은 모두 성이 레비다. 지금은 프리모 레비의 아들 가족이 살고 있을 것이다.

2002년 봄에 촬영한 다큐멘터리 「아우슈비츠의 증언자는 왜 자살했는가」의 마지막 장면은 내가 레비의 아내 루치아 씨에게 보내는 편지를 이곳 레비의 집으로 전하러 가는 모습이다. 그때 루치아 씨는 병원에 입원해 부재중이었다. 1987년 4월, 레비가 몸을 던졌던 계단 밑의 홀에 나는 한참을 서 있었다.

그때 나는 레비와 관련된 몇 사람과의 귀중한 인터뷰를 할 기회를 얻었다.

먼저 비앙카 귀데티 세라 씨. 학창 시절부터 프리모 레비의 친구였던 그녀는 단편 소설 「철」(『주기율표』에 수록)의 등장인물이자 레지스탕스 운동 과정에서 파시스트 군에게 사살당한 산드로 델마스토로의 동료이기도 했다. 그녀는 유대인은 아니었지만 세계대전 막바지 무렵에는 '여성 옹호 및 자유를 위해 싸우는 병사들을 지원하는 모임Gruppi di difesa della donna e per l'assistenza ai combattenti della

libertà '이라는 조직에 들어가 저항 운동에 종사했다. 그러면서 유대인을 숨겨주거나 피신하도록 도와주는 활동을 펼쳤고 프리모 레비의 어머니와 여동생과도 계속 연락을 유지했다고 한다. 종전 후에도 아우슈비츠에서 생환한 프리모 레비와의 친분은 이어졌다. 그가 자살하기 며칠 전까지도 경치가 좋은 언덕으로 함께 산책을 갔다고 한다. 그녀는 우리에게 프리모 레비가 타자기로 쳐서 보내온 「회색지대」(『가라앉은 자와 구조된 자』에 수록)의 초고 상태의 원고를 보여줬고 레비와 산책했다는 언덕으로 안내했다. 토리노를 둘러싼 흰 산들을 멀리 바라보면서 그녀는 "저 고개 너머가 프랑스죠. 우리는 저기를 넘어가서 파르티잔에게 무기를 전달했어요."라고 담담하게 말했다. 전쟁이 끝난 후 그녀는 변호사로 활동하다가 80세에 은퇴했다.

두 번째 인터뷰이는 에이나우디 출판사에서 프리모 레비의 담당 편집자로 일했던 발터 바르베리스 씨였다. 그와 나누었던 이야기를 요약해서 조금 소개해본다.

프리모 레비는 단순히 소설가라기보다 '기억의 작가'이며 무엇보다 우선 '증인'이었습니다. 현재 역사수정주의나 역사적 사건의 존재를 부정하려는 경향이 일어나고 있는데 이

는 유럽에서 살고 있는 우리가 심각하게 고려해야 할 하나의 위기라고 느껴집니다. 이러한 경향은 증언의 역할을 하는 문학에 대한 관심을 정반대쪽으로 향하게 하는 셈입니다. 그런 의미에서 프리모 레비의 문학은 매우 중요합니다.

프리모 레비는 늘 상냥한 사람이었습니다. 사람들을 집으로 자주 초대했는데 지극히 검소한 생활을 했어요. 결코 상대를 불쾌하게 만들지 않는 섬세한 성격의 소유자였습니다. 그는 끊임없이 역사 속에서 무슨 일이 일어났는지 확실히 이해하고 그 기억을 다음 세대에게 전해야겠다는 생각을 했습니다. 하지만 만년의 그를 괴롭혔던 것은 어쩌면 개인적인 일, 가정 문제였을지도 모르겠습니다.

또 하나 그를 힘들게 만든 것은 이스라엘과 팔레스타인의 관계였습니다. 그는 나치 독일이 폴란드 사람들에게 자행한 일을 이스라엘이 팔레스타인을 향해 똑같이 벌이는 게 아니냐고 우려했어요. 그래서 유대인 사회와 맺는 공식적인 교류나 관계로 인한 마음고생이 심했습니다. 유대인 사회는 같은 유대인인 레비가 이스라엘의 정책에 반하는 생각을 갖고 있다는 사실을 받아들이지 못하고 그를 비난했습니다. 어쨌거나 우리에게는 프리모 레비와 같은 인물이 전해준 증언을

이어나가야 할 윤리적 사명이 있다고 생각합니다.

줄리아나 테데스키 씨와도 인터뷰를 할 수 있었다. 그녀 역시 아우슈비츠의 생환자다. 프리모 레비의 친구였던 그녀는 1965년에 열린 수용소 해방 기념식에 즈음해서 레비와 함께 아우슈비츠를 다시 방문했다. 줄리아나 씨는 오랜 세월 고등학교 교사로 재직했는데 앞서 언급한 레비의 담당 편집자 발터 바르베리스 씨도 그녀의 제자 중 한 명이었다. 그녀의 왼팔에는 죄수 번호를 새긴 문신이 남아 있었다.

이 숫자를 레이저 수술로 지운 사람도 있지만 나는 결코 그렇게 하고 싶지 않아요. 오히려 날씨가 추워져도 반팔을 입고 되도록 사람들 눈에 띄게끔 하며 살아왔습니다. 우리가 죽을 때까지 짊어지고 가야 할 의무니까요. 하지만 왜 그런 곳에 전화번호를 메모해뒀느냐고 묻는 사람도 있습니다.

"인류가 앞으로 인종, 민족, 종교 같은 장벽을 극복하고 평화롭게 공존해갈 수 있을까요?" 나의 순진한 질문에 그녀는 절레절레 고개를 흔들며 대답했다. "아니요. 적어도 내가 살아 있는 동안

은 무리일 테지요."

늙은 파르티잔

2002년에 토리노를 방문했을 때는 레비의 지인들 말고도 또 하나의 매우 인상적인 만남이 있었다. 토리노에서 북쪽으로 두세 시간 걸리는, 프리모 레비가 파시스트에게 체포된 현장인 아오스타 계곡에 사는 노인과의 만남이었다. 그는 연행되는 프리모 레비의 모습을 직접 목격했다고 한다. 그 후 징집되어 유고슬라비아 전선에서 전투를 경험하고 귀국 후에는 파르티잔 부대로 자진 입대하여 나치, 파시스트와 싸웠다. 친한 친구 몇 명이 파시스트 군대에게 살해됐지만 자신은 다행히 살아남아 종전을 맞이했다고 한다.

　주말 오후엔 늘 마을 카페에서 축구 중계를 즐긴다는 그를 그 카페에서 만나 프리모 레비가 붙잡혔던 현장까지 안내를 부탁했다. 높은 언덕 위에 세워진 기념비에는 "따스한 집에서 / 아무 일도 없이 안락한 삶을 누리는 당신들"로 시작하는, 『이것이 인간인가』의 첫머리에 등장하는 시구가 새겨져 있었다. 체포 현장으로 가는 차 안에서 왜 파르티잔에 가담했느냐는 나의 질문에 노

아오스타에서 프리모 레비.

인은 "리베르타(자유)!"라고 노래하듯 되뇌었다. "리베르타, 모든 말들의 원점이야!"라고.

나는 이렇게 물어보았다. "전쟁이 끝나고 당신의 생활은 어떻게 달라졌습니까?" 세상 사람들에게 칭송을 받았는지, 보상 같은 것은 있었는지를 묻는 질문이었다. 노인은 질문의 의미를 헤아릴 수 없다는 듯 "어떻게라고? 뭐, 예전 그대로지."라고 답했다. 자기는 아무것도 특별한 일을 하지 않았고 지극히 보통의 삶을 되찾았을 뿐이라고 말하는 듯했다. 노인은 원래 험준한 산악 지대를 따라 설치된 고압 전선을 관리하는 노동자였다. 엄동설한의 산을 넘어 다니면서 전선 보수 작업을 했다고 한다. 전쟁이 끝난 후에는 원래 하던 작업으로 복귀해 정년을 맞을 때까지 근속한 것이다. 안내를 마친 노인은 마치 산장 같았던 자택으로 우리 촬영 팀을 초대해 "자, 마셔요 마셔."라며 마냥 포도주를 권했다.

내가 어린아이였던 시절, 일본 사회의 진보적 인사들은 「벨라 차오Bella Ciao」라는 '이탈리아 파르티잔의 노래'를 자주 부르곤 했다. 지금은 기억하는 사람도 거의 없을 것이다. 어렴풋이 떠올려 보면 그 가사는 대략 이랬다.

어느 아침, 잠에서 깨어 / 안녕, 사랑하는 사람이여 안녕

히 / 어느 아침, 잠에서 깨어 나는 보았다오, 침략하는 적을 / 안녕, 사랑하는 사람이여 안녕히 / 내가 죽거든 저 산에 묻어 주오.

노인도 젊은 시절 동지들과 함께 산 속에서 이 노래를 불렀을까. 노인과의 만남 이후 언젠가 팔레스타인에서 꾸준히 평화 운동을 전개해온 이탈리아 시민 단체의 이야기를 들은 적이 있다. 그들은 팔레스타인 주민에 대한 폭력을 저지하기 위해 무장한 이스라엘 군 앞으로 맨손으로 밀고 들어가 한목소리로 "차오, 벨라 차오(안녕, 사랑하는 사람이여)"라고 노래를 부른다. 멤버 대부분은 너무나 평범한 이탈리아 시민들이며 연차를 내거나 연휴에 맞춰 팔레스타인으로 찾아온다고 한다. 이 이야기를 들었을 때 아오스타 계곡의 노인 같은 시민들이 지금도 살아 있어서 저항의 전통을 이어 가고 있다는 생각을 했다. 그렇지만 지금 상황은 어떨까?

레 움베르토 거리는 나탈리아 긴츠부르그의 소설 『가족어 사전』에 생생하게 묘사되어 있는 곳으로 토리노의 지식인 레오네 긴츠부르그, 아드리아노 올리베티Adriano Olivetti(1901~1960), 체사레 파베세Cesare Pavese(1908~1950) 등이 오가던 거리다. 에이나우디 서점도 이 거리에 있다. 전쟁 중에는 반파시즘 운동의 거점이었고

Monumentale di Torino

Palazzo Reale

Basilica di Superga

Stazione di Torino
Porta Nuova

Cattedrale di
San Giovanni Battista

Via Roma

Palazzo Madama

전후에는 공화제를 실현한 진보적 운동의 지적·문화적 기반이 된 장소다. 넓은 거리에 서서 살짝 고개를 들어 보면 하얗게 빛나는 알프스의 봉우리들이 눈에 들어온다. 그 험한 산길을 반파시즘의 투사나 망명자들이 넘나들었을 것이다.

"인간성의 이상으로 하얗게 빛나는 봉우리들." 다큐멘터리 촬영을 위해서 토리노를 방문했을 때 주위를 둘러싼 험준한 산들을 가리켜 나는 그렇게 불렀다. 지금도 산들은 변함없이 거기에 있지만 이상의 광휘는 위협받고 있다. 반파시즘 투쟁의 사명을 짊어지고서 전후 이탈리아의 풍요로운 지적 문화를 형성한 세대는 세상에서 거의 퇴장했다. 이제는 거칠고 천박한 포퓰리스트의 사나운 목소리가 사회를 휘어잡고 있다. 이탈리아만이 아니다. 전 세계적인 현상이며 일본이야말로 한층 더 심각하다. 아우슈비츠의 해방 이후 40년도 더 지난 지금, '인간성'의 재건을 위해 힘겨운 증언자의 역할을 맡았던 프리모 레비가 살아 있었다면 이 사회를 어떻게 바라봤을까. 그리고 무슨 말을 했을까.

6장

토리노 2

파베세

1996년 1월의 눈 내리던 날, 나는 처음으로 토리노 땅에 섰다. 밀라노에서 출발한 열차를 타고 포르타 누오바 역에 도착해 바로 근처 '튜린 팰리스'라는 호텔에 짐을 풀었다. 왕년에는 분명 손님으로 북적거렸으리라 생각되는 큰 호텔이지만 이젠 꽤 낡아버려 한산했다. 습관처럼 빨래를 한 뒤 방에서 잠깐 쉬었다.

나는 항상 여행길에 나서면 의식하지 않으려 해도 이미 세상을 떠난 여러 사람들의 기운을 느꼈다. 오히려 그런 느낌을 찾아 돌아다니는 듯한 경향이 있었다. 첫 번째 토리노 여행의 목적도 프리모 레비가 1987년에 자살한 아파트와 묘지를 찾기 위해서였다. 하지만 예약도 없이 호텔에 들어와 텅 빈 넓은 방에 누워 있으니 생각은 별안간 체사레 파베세에게로 다다랐다. 혹여 여기가 1950년에 그가 자살한 호텔은 아닐까⋯⋯. 파베세가 토리노 역 근처의 한 호텔에서 스스로 목숨을 끊었다는 정보는 여행을 떠나기 전에 읽었지만 정확한 이름까지는 기억나지 않았다. 낡은 호텔의 어슴푸레한 복도나 층계참에는 그의 기운이 가득 서려 있는 듯했다. 죽은 자가 나를 이리로 불러온 걸까. 꺼림칙하다거나 무섭다거나 하는 감정은 조금도 없었다. 오히려 깊이 가라앉은 조용한

비토리오 에마누엘레 2세 대로.
통일 이탈리아 왕국의 첫 번째 국왕 비토리오 에마누엘레 2세의 동상이 있다.

친밀감과도 같은 느낌이 들었을 뿐이었다.

나중에 일본에 돌아와 조사해보니 제멋대로 생각한 것에 지나지 않았음을 알게 되었다. 파베세가 자살한 장소는 역 앞에 있기는 했지만 '호텔 로마'의 어느 방이었다. 이 도시에 처음 도착했던 날 저녁에 무작정 거리로 나선 적이 있다. 역 앞을 동서로 가로지르는 넓은 길이 '비토리오 에마누엘레 2세 대로Corso Vittorio Emanuele II'다. 통일 후에 탄생한 이탈리아 왕국의 첫 번째 국왕 이름에서 따왔다. 이 대로를 횡단하여 시내 중심부를 향해 곧바로 뻗은 길이 '로마 거리Via Roma'다. 아케이드가 설치된 거리에는 인파로 붐비는 부티크 매장이 늘어서 있고 이 로마 거리의 끝에 그 호텔이 있다고 한다. 그런 사실은 알지도 못한 채, 1996년의 나는 이 길을 비척비척 걸어 다녔던 것이다. 2002년 다시 토리노를 방문했을 때는 '호텔 로마'를 한번 찾아봐야겠다고 마음먹기는 했지만 촬영 스텝과 동행한 바쁜 일정에 쫓겨 길을 나설 수가 없었다. 그럼 이번에는? 당일에 밀라노로 돌아오는 일정이어서 로마 거리를 자세히 둘러볼 여유가 없는 데다 그러고 싶은 기분도 그다지 들지 않았다. 나이가 들어 지쳐버린 탓일지도 모른다. 20년 가까이 지난 시절에 쇠락한 호텔의 방 한구석에서 느꼈던 죽은 자의 기운을 떠올린 것만으로 충분하다는 생각도 있었다.

Torino - Corso Re Umberto

레 움베르토 거리.

프리모 레비가 자살한 자택은 레 움베르토 거리^{Corso Re} ^{Umberto} 75번지에 있다. 이 거리는 로마 거리와 나란히 시내 중심부에서 남서 방면으로 뻗어 있다. 길 양쪽으로는 19세기 말 무렵에 솜씨 좋게 지어진 아파트가 늘어서 있다. 화려한 장식도 없이 실용적인 인상을 주는 안정감 있는 풍경이다.

"이 거리의 기본적인 성격은 멜랑콜리다." 나탈리아 긴츠부르그가 쓴 말이다.

> 멀리 사라져가듯 흐르는 포 강은, 한낮에도 해질녘을 연상케 하는 보랏빛 안개로 싸인 지평선을 향해 아득히 멀어져 간다. 어디에 있어도 매연이 내뿜는 우울하고 분주한 듯한 분위기가 풍겨 나오고 열차의 기적 소리가 들려온다. (……) 우리들의 거리는 이제는 모두가 깨닫고 있듯 잃어버린 벗, 이 거리를 사랑했던 그 벗과 닮았다. 우리들의 거리는 그가 그러했듯 미간에 주름을 지은 채 성실히 일하며 열심히, 그리고 한결같이 활동하고 있다. 그럼에도 불구하고 의욕 없이, 아무것도 하지 않은 채 나날을 보내며 꿈꾸는 듯도 보인다.(나탈리아 긴츠부르그, 「어느 친구의 초상」, 1957년.『빛은 토리노에서』, 노르베르트 보비오 지음, 나카무라 가쓰미 옮김, 세이도샤, 2003년)

체사례 파베세. 이탈리아의 시인, 소설가.
전후 우울감을 극복하지 못한 채 토리노의 한 호텔에서 자살했다.

여기에서 말하는 "우리가 잃어버린 벗"이 바로 체사레 파베세다.

우울한 도시

토리노는 내가 아는 이탈리아의 여타 도시들과는 인상이 꽤 다르다. 예컨대 오르비에토나 산 지미냐노는 중세의 성채 도시이며, 페라라나 피렌체는 르네상스의 도시라고 말할 수 있다. 로마는 고대로부터 현대에 이르기까지 중층적으로 짜인 공간이다. 토리노는 이들 도시보다 나이가 젊다. 이른바 산업혁명의 분위기가 남아 있는 근대 도시다. 거리를 오가는 사람들의 표정까지도 나탈리아가 말한 대로 어딘가 멜랑콜리하고도 실무적인 인상을 풍긴다.

오래전 토리노는 프랑스 부르봉 왕조의 사실상 속국이던 사부아 공국의 수도였다. 17세기 말, 계몽전제군주 비토리오 아메데오 시대에 프랑스로부터 독립했고, 1720년에는 사르데냐 섬을 획득하여 사르데냐 왕국을 수립했다. 이때부터 오늘날 토리노의 기반이 정비되고 산업도 융성하여 중산계급의 성장과 함께 이탈리아의 근대가 준비될 수 있었다. 이 지역을 진원지로 삼아 리소르지멘토(이탈리아 통일운동)가 이탈리아 전역으로 퍼져나갔고, 1860

QUI
ANTONIO GRAMSCI
ABITO'
NEGLI ANNI 1919-21
NELLE LOTTE OPERAIE
CONTRO L'INCOMBENTE REAZIONE
FORGIANDO
IL PARTITO COMUNISTA
GUIDA DECISIVA
PER LA LIBERTA' E IL SOCIALISMO

Nel XX della morte
i comunisti torinesi
posero
27 Aprile 1957

1919년부터 1921년까지 그람시가 살았던 집. 지금 이 건물은 호텔이 되었다.

년에는 사르데냐 왕국이 다른 지역을 병합하는 형태로 통일된 이탈리아 국가를 세웠다.

제1차 세계대전 이후 토리노는 사회주의나 공산주의 운동의 중심지였기 때문에 '이탈리아의 상트페테르부르크'로 불렸다(토리노는 자동차 산업으로 번성했기에 '이탈리아의 디트로이트'로 불렸던 시기도 있다). 그 시기 토리노를 상징하는 인물로 안토니오 그람시Antonio Gramsci(1891~1937)를 들 수 있다. 1891년 사르데냐 섬에서 태어난 그람시는 1911년에 장학금을 받아 토리노 대학에 입학했다. 대학 시절 친구 중에 이탈리아 공산당의 창설자인 정치가 팔미로 톨리아티Palmiro Togliatti(1893~1964)가 있다. 1913년부터 이탈리아 사회당에 가입하여 노동운동으로 분주했던 그람시는 자주관리를 주축으로 하는 공장평의회 운동을 전개했다. 1921년에는 이탈리아 공산당 결성에 가담하여 중앙위원회 위원으로 선출되었다. 한때 소련에서 망명 생활을 하다가 1922년에 귀국한 그람시는 1926년 결국 파시스트 정권에 체포되었다. 감옥에서도 사색과 집필을 이어가면서 서른세 권에 이르는『옥중수고』(에이나우디, 1947년)를 남겼지만 1937년 4월 석방 직후 뇌출혈로 사망했다. 같은 시기 활동하던 피에로 고베티Piero Gobetti는 "정말로 드물다고밖에 볼 수 없는 성실함과 겸허함"이라는 표현으로 그람시의 '도덕

안토니오 그람시.

적 자질'을 칭찬하면서 그의 인품을 이렇게 평가했다.

> 고독하며 인생의 기쁨을 맛보지 못했던 청년의 마음속
> 에는 크나큰 내면적 고뇌, 무서우리만큼 지독한 분열이 자리
> 하고 있었다. 그런 분열이 거의 무의식적으로 그를 사도나 고
> 행자로 만들어버렸다.(노르베르트 보비오, 앞의 책)

파시스트 정권으로 인해 투옥과 유형을 경험한 체사레 파베세
나 레오네 긴츠부르그 등 '반파시스트 제1세대'는 그람시보다 20
년 정도 연하에 해당한다. 또 그들보다 10년 정도 어린 세대로 프
리모 레비를 들 수 있다. 레비는 『주기율표』의 「칼륨」장에서 이들
'제1세대'가 파시즘이 휘두른 '낫의 일격'으로 베어졌다고 고백한
바 있다. "이들의 이름은 우리에게 어떤 의미도 주지 못했다. (……)
그러므로 제로에서 시작할 필요가 있다. 우리식의 반파시즘을
'탄생시키고' 그것을 싹과 뿌리로부터, 우리들만의 뿌리로부터 길
러나가야 할 필요가 있다."고 서술한다. 이처럼 레비는 이전 세대
와의 단절을 말했지만, 그럼에도 불구하고 단편적으로나마 제1
차 세계대전과 파시즘 시기를 거쳐 반파시즘 운동으로까지 계승
된 지적 저항의 수맥은 존재한다. 바로 토리노라는 이 도시의 공기

가 길러낸 것이다.

5장에서 이야기한 에이나우디 출판사의 편집자 발터 바르베리스 씨를 2002년 이곳을 찾았을 때 만났다. 난로와 넓은 타원형 테이블이 놓인 회의실에서 두 시간가량 프리모 레비와 관련된 추억을 들었다. 바로 그 방, 그 테이블 앞에 레비 본인이 앉아 있는 영상을 본 적이 있다. 내가 앉았던 곳의 대각선 위치다. 초대 사장인 줄리오 에이나우디와 편집부의 핵심 멤버였던 체사레 파베세, 레오네 긴츠부르그, 그리고 전쟁이 끝난 후에는 나탈리아 긴츠부르그도 같은 타원형 테이블에 둘러앉았던 셈이다.

나는 바르베리스 씨에게 도쿄에서 본 프란체스코 로시 Francesco Rosi 감독의 영화 「머나먼 귀향」에 대한 감상을 전했다. 원작은 프리모 레비의 소설 『휴전』이다. 소련군에 의해 아우슈비츠에서 해방된 주인공이 러시아에서 열 달 동안 만고풍상을 겪다가 고향 토리노로 생환한다는 이야기다. 이 작품의 제목은, 아우슈비츠로부터는 해방되었어도 극히 짧은 '휴전'에 지나지 않는다는 함의를 가진다. 하지만 나는 이 영화가 실망스러웠다. 작품 그 자체의 콘셉트로서 중요한 몇몇 장면이 원작에 충실하지 않았기 때문이다. 특히 레비를 비롯한 이탈리아 사람들을 실은 귀환 열차가 뮌헨 역에 일시 정차하는 장면에서 이러한 점이 잘 드러난다. 영화

프란체스코 로시 감독의 「머나먼 귀향」, 1997년.

에서는 노역에 임하고 있던 전직 독일군 병사가 레비를 포함한 아우슈비츠의 생존자를 발견하고 회한과 심적 고뇌를 드러내면서 털썩 무릎을 꿇는다. 하지만 원작의 서술은 정반대다. 뮌헨 역에서 정차 중일 때 주위를 돌아다녀본 레비는 과거의 일에 대해 눈을 감고 굳게 입을 다무는 독일인들을 보았다고 기록했다.

이런 이야기를 하자 바르베리스 씨는 "그저 오락영화예요. 게다가 감독은 '남부' 사람이니까."라고 말하며 어깨를 으쓱 하며 불신감을 표했다. '남부' 사람은 진실이 어떠했는지 알지 못한다는 의미인 듯했다. 단순히 남북이라는 지리적인 경계로 주민의 기질 차이를 말하는 농담으로 들릴 수도 있지만, 그 자리에서 이런 이야기를 듣자니 더 깊은 뜻이 담겨 있을지도 모른다고 생각했다. 이탈리아 남부는 시칠리아에 상륙하여 북상하는 연합군에 의해, 말하자면 남의 힘을 빌려 해방되었다. 이에 비해 북부 이탈리아는 나치 독일에게 점령되어 큰 희생을 치르며 저항 투쟁을 벌인 결과, 자력으로 스스로를 해방시켰다고 말할 수 있다. 전후 이탈리아 사회에서 '북부'가 주도권을 발휘했던 것도 자연스러운 일이었다. 토리노는 바로 그런 정치·문화적 중심지였다.

나탈리아 긴츠부르그. 이탈리아의 작가, 반파시스트 활동가.
1944년 남편이자 에이나우디의 공동 설립자 레오네 긴츠부르그가 사망한 후에
에이나우디에서 편집자로 일하며 작품 활동을 했다.

『가족어 사전』

나탈리아 긴츠부르그의 소설 『가족어 사전』은 바로 그러한 시대, 1920년대부터 1930년대에 걸쳐 반파시즘 지식인들이 토리노를 무대로 펼쳐 보인, 복잡하면서도 사랑스러운 생활상을 생생한 어조로 그려낸 작품이다. 만일 지금껏 내 인생을 통틀어 재미있었던 소설을 열 권 들어보라고 한다면 반드시 포함될 작품이다.

저자 나탈리아 긴츠부르그의 결혼하기 전 성은 프리모 레비와 같은 '레비'였다. 완고한 부친 주세페는 해부학 교수였고, 모친 리디아는 바그너^{Wihelm Richard Wagner}(1813~1883)의 「로엔그린」을 즐겨 부르며 마르셀 프루스트^{Marcel Proust}를 애독하는 인물이었다. 그 밖에도 나탈리아에겐 오빠 세 명과 언니 한 명이 있었다. 아버지는 유대계였지만 어머니는 비유대계였다. 오빠들과 아버지는 반파시스트 운동에 가담하여 체포와 망명을 거듭했다. 나탈리아 역시 저항 운동의 지도자였던 레오네 긴츠부르그와 결혼했다. 가족 전원이 특이한 성격의 소유자였지만 특히 어머니를 묘사하는 나탈리아의 필치에 나는 몇 번이나 참지 못하고 슬며시 웃음을 지었다.

어머니에 대해 말하자면 본성이 낙천적인 탓에 언젠가
는 반드시 갑작스레 국면이 바뀌는 일이 생긴다고 믿었다.
(……) 아침에 어머니는 이렇게 말하면서 산책을 나섰다. "파
시즘이 아직도 건재한지 좀 보고 올게. 사람들이 무솔리니를
끌어내렸는지 좀 살펴보고 오려구." 어머니는 자기가 자주 다
니던 상점에서 오가는 은밀한 이야기와 소문을 모아 와서 마
음에 위로가 될 만한 징조를 읽어내곤 했다. 그리고 저녁 식탁
에서 아버지에게 말했다. "여기저기서 엄청난 불만으로 가득
하다는 이야기가 들려와요. 이제 누구도 더는 못 참겠대요."
"누가 그런 말을 했는데?" 아버지는 고함을 쳤다. "단골 채
소가게 주인이 그랬어요……." (……) 결국 아들들이 체포되
고 남편마저 구속되자 어머니는 갈아입을 옷 보따리와 음식
물 차입에 힘을 쏟았고 연줄을 동원해 정보 수집을 하느라 애
썼다. 입버릇처럼 했던 말은 "드레퓌스 사건 같아!"였다. 얼마
지나 아버지가 석방되고 이어서 오빠들도 풀려나자 어머니
는 이렇게 중얼거렸다. "아이고, 지겨운 나날이 다시 시작되
겠네!"

아드리아노 올리베티가 처음 나탈리아의 집에 왔을 때의 일이다.

당시 아드리아노는 병역의 의무를 다하던 중이었기에 군복을 입고 있었다. (……) 카키색 군복을 입고 벨트에는 피스톨까지 찼으면서도 그렇게 어색하고 늠름하지 못한 군인을, 나는 그 전에도 그 후로도 본 적이 없다. 아드리아노는 몹시 우울해 보이는 얼굴이었다. 군대 생활이 어지간히 마음에 들지 않았던 모양이다.

하지만 '신통치 않던' 그 아드리아노는 반파시스트 지하 조직의 운동가이며 나탈리아의 큰 오빠 지노의 친구이자 동지였다. 그는 나탈리아의 집에 은신해 있던 늙은 사회주의자 필리포 투라티를 파리로 망명시키는 데 주선자 역할을 맡기도 했다. 둘째 오빠 마리오 역시 아드리아노의 도움으로 강을 헤엄쳐 국경 너머 스위스로 피신한 후 프랑스로 망명할 수 있었다. 아드리아노 올리베티는 나탈리아의 언니 파올라와 결혼해 말 그대로 가족의 일원이 되었다(두 사람은 전쟁이 끝난 후 이혼했다).

올리베티 집안 역시 유대계였는데 아드리아노의 아버지인 올리베티사(社)의 창업자 카밀로 올리베티Camillo Olivetti는 사회주의자이자 반파시스트였다. 아드리아노는 1933년 이후부터, 즉 반파시스트 운동을 펼치고 있던 당시에 2대 사장으로 회사를 경영

아드리아노 올리베티. 이탈리아의 사업가이자 반파시스트 활동가.
아버지가 설립한 타자기 제조사 올리베티를 이어받아 전후에 사무용 가구, 전자계산기, 컴퓨터 등을
독특한 플라스틱 디자인으로 만들어내는 회사로 키웠다.

했다. 자신에게도 몇 번이나 위험이 닥쳤지만 간신히 체포를 면했던 아드리아노는 자신이 가진 독특한 '정보망'으로부터 획득한 소식을 나탈리아 일가에 전해줬다. 특히 나탈리아의 어머니는 그를 무척 좋아했는데 두 사람은 언제나 낙관주의자였다.

이제 아드리아노 형부는 저명한 기업가가 되었다. 그래도 여전히 군인이었던 청년 시절과 마찬가지로 어딘지 모르게 길 잃고 방황하는 강아지와도 같은 분위기를 풍겼다. 언제나 다리를 질질 끌며 방랑자처럼 고독해 보이는 걸음걸이였다. 변함없이 수줍음을 잘 타는 사람이었다.

로마에서 레오네 긴츠부르그가 체포되던 밤, 아드리아노는 나탈리아와 아이가 살던 아파트로 달려와 이들을 구출했다.

어린 시절부터 알고 지내던 친숙했던 아드리아노가 그날 아침 눈앞에 나타났을 때 내가 느꼈던 안도감은 평생 잊지 못하리라. 그리고 방방마다 흩어져 있던 옷가지와 아이들의 신발 같은 것을 줍던 허리 굽힌 모습을, 겸허하고 선량하며 인내심으로 가득 찬 그의 모습을 나는 영원히 잊을 수 없을 것

이브레아에 있는 올리베티 사옥.

같다. 그 집에서 빠져 나왔을 때, 아드리아노 형부는 옛날 투라티를 데리러 우리 집에 왔을 때의 그 얼굴, 누군가를 구해낼 때의 당황스러우면서 숨이 찬 듯도 하고, 한편으론 행복해 보이기도 한 얼굴을 하고 있었다.

앞 장에서 썼듯이, 2002년 나는 파르티잔 출신 노인과 만나기 위해 토리노에서 아오스타로 향했다. 그때 아오스타로 가는 길에 이브레아를 지난 적이 있다. 맑고 깨끗한 산의 품에 안겨 있는 듯한 흰 공장 건물이 보였다. "저건 뭐죠?"라고 묻자 "올리베티"라는 대답이 돌아왔다. 올리베티. 나에게 그 이름은 세련된 발음이 주는 울림과 더불어 타자기 제조회사로 기억된다. 내가 대학생이 되었을 무렵인 1960년대 말, 멋스러운 디자인의 '올리베티 타자기'는 일본의 대학생에게도 동경의 대상이었다. 그렇게 유명한 기업의 사장이 저리도 힘겨웠던 시대에 파시즘에 맞서 싸우던 활동가였던 것이다. 마치 판타지 소설과도 같은 이야기가 아닐까.

레오네 긴츠부르그는 러시아의 오데사Odessa(현재 우크라이나의 항구 도시)에서 태어나 어렸을 때 이탈리아로 이주한 유대인이다. 에이나우디 출판사의 창립 멤버 중 한 명이며 나탈리아와 만났을 당시에는 토리노 대학에서 러시아 문학을 가르치던 강사였

레오네 긴츠부르그. 이탈리아의 러시아 문학가이자 번역가, 편집자.
에이나우디의 공동 설립자이기도 하다. 1944년 반파시스트 활동으로 수감 중 사망했다.

다. 그 무렵 대학 교원 중에도 파시즘 체제가 강제한 충성 맹세를 거부하는 사람들이 있었다. 출판사 사장인 줄리오 에이나우디와 레오네 외에 또 한 명의 창립 멤버가 체사레 파베세였다. 그들은 '문화'라는 뜻의 제목을 단 잡지 《라 쿨투라》의 발간을 기획했는데 잡지의 입안과 사상적 방침을 제시한 이가 레오네 긴츠부르그였다.

나탈리아의 아버지는 어느 날 둘째 아들 마리오가 레 움베르토 거리에서 레오네와 함께 걸어가는 모습을 발견하고 집으로 돌아와 "두 녀석은 어떤 관계야?"라고 아내 리디아에게 물었다. "무척 교양 있고 머리도 너무 좋은 청년이에요. 훌륭한 러시아어 번역가이기도 하고요."라고 그녀는 대답했다.

"그런지 어떤지는 모르겠지만 엄청나게 못생겼어. 뭐, 유대인들이 대체로 추남이라는 것은 세상 누구나 다 아는 거지만." "그럼 당신은요? 당신은 유대인 아니에요?" 어머니가 되물었다. "그래, 그러니까 나도 못생겼잖아."라고 아버지는 대답했다. 아버지는 그 후에 이런 말도 했다. "레오네는 스페인계 유대인(세파르딤)이라서 못생긴 거야. 나는 동부 유럽계 유대인(아슈케나짐)이라서 녀석보다는 나은 게지."라고.

에이나우디 출판사에서 발행한 잡지 《라 쿨투라》.

레오네는 1934년 3월 '파리 망명자들과 공모한 반파시즘 그룹' 사건의 주범으로 금고 4년을 선고받아 치비타베키아 구치소에 수감되었다. 이듬해 5월 파베세도 약 200명에 달하는 토리노 지식인들과 함께 검거되었고 잡지 《라 쿨투라》는 집필자 대부분이 체포당하는 바람에 종간할 수밖에 없었다. 이것이 바로 프리모 레비가 말했던 '파시즘이 휘두른 낫의 일격'이다. 파베세는 '유형 3년' 선고를 받고 훗날 이 경험을 기반으로 장편 소설 『유형』을 썼다.

1936년 레오네와 파베세는 비슷한 시기에 감형, 석방되어 토리노로 돌아왔다. 이들은 에이나우디 출판사를 거점 삼아 활동을 재개했다.

레오네는 저녁을 먹고 난 후 항상 파베세와 함께 시간을 보냈다. 두 사람은 오래된 친구였다. 파베세도 막 유형지에서 돌아온 상태였다. 불행한 사랑을 하다가 실연을 당한 지 얼마 되지 않았던 그는 무척 우울해하며 밤만 되면 레오네를 찾아왔다. 옷걸이에 라일락빛 목도리와 허리띠가 달린 외투를 걸쳐 놓고 식탁 앞에 앉곤 했다.

레오네는 투옥되기 전에는 사교 모임에 나가는 것을 좋아했다. 말을 조금 더듬기는 했지만 사람들의 마음을 끄는 이

레오네와 나탈리아 긴츠부르그.

야기꾼이었다. 그리고 중요한 일에 대해서는 한시도 쉬지 않고 깊고 진지하게 숙고하면서도 세상의 쓰잘데없는 가십거리에도 귀 기울일 준비가 되어 있었다. 인간에 대한 관심이 왕성했고 기억력도 뛰어나서 아주 하찮은 일에 지나지 않는 것까지 잊지 않는 능력을 가지고 있었기 때문이었다.

나탈리아는 레오네의 구혼을 받아들여 결혼했다. 아버지는 '신분이 불안정'하다는 너무나 당연한 이유로 반대했지만 어머니는 "그래도 파시즘이 무너지면 레오네는 틀림없이 위대한 정치가가 될 사람이에요."라며 두둔했다. 그후 1940년에 레오네는 이탈리아 남부의 아브루초^{Abruzzo} 지방으로 유형을 떠났고 두 아들을 낳았던 나탈리아는 아이들을 데리고 유형지로 따라가 그곳에서 셋째를 낳았다. 나탈리아는 이 유형지에서 소설을 써서 가명으로 발표했다.

레지스탕스들

레오네는 유형자의 신분으로 반파시즘 활동을 재개하여 1943년

9월부터 행동당 기관지의 편집장이 되었고 로마 시내 지하 인쇄소를 이용해 이 잡지를 발행했다. 1943년 11월 19일, 결국 파시스트 경찰에 체포된 레오네는 독일군의 손에 넘겨져 1944년 2월 5일 레지나 코엘리 형무소에서 잔혹한 폭행을 당한 끝에 살해되었다. 서른네 살의 나이였다.

1952년에 에이나우디 출판사가 간행한 『이탈리아 레지스탕스 사형수의 편지』(일본어판은 『이탈리아 저항 운동의 유산』, 후잔보, 1983년)에는 레오네가 나탈리아에게 보낸 마지막 편지가 수록되어 있다. 다음은 그중 일부다.

창작에 몰두하면서 복받쳐 흐르는 눈물을 잊어버릴 수 있으면 좋겠어. 뭐라도 좋으니 사회적인 활동을 해서 타인들의 세계와 접해보고 싶어. (……) 나는 최근 우리 두 사람의 생활을 반성해보았어. 우리의 유일한 적(나의 결론이야)은 나 자신의 공포였어. 몇 번인가, 어떤 이유로 인해 나는 두려움으로 뒤덮였어. 그때마다 그 공포를 극복하고 스스로의 의무를 소홀히 여기지 않기 위해 있는 힘을 다했던 것 같아. (……) 얼마나 당신을 사랑하는지! 만약 당신이 이 세상에 없다면 나 역시 기꺼이 죽을 수 있어(이 역시 최근 내린 결론이야). 하지만 나

는 당신을 잃고 싶지 않아. 그리고 당신은 결코 죽지 않을 거야. 만일 내가 죽어 사라진다 해도.

1922년에 무솔리니는 권력을 탈취하여 이탈리아의 수상이 되었고 1925년(일본에서 치안유지법이 공포되었던 해)에 파시즘 독재를 선언했다. 스페인 내전에서 프랑코 일파를 지원했던 이탈리아 파시스트 정권은 1937년에 일본, 독일과 함께 삼국 방공협정을 체결했다. 뒤이어 나치를 좇아 인종법을 통한 유대인 배척 정책을 실행하면서 제2차 세계대전에서는 일본, 독일과 함께 추축국으로서 연합국과 싸웠다. 1943년 스탈린그라드에서 독일군이 패배하고 연합군이 시칠리아 섬에 상륙하면서 전쟁의 국면이 전환되자 무솔리니는 국왕에 의해 해임되어 실각했다. 하지만 독일군은 이탈리아 북부를 점령한 후 무솔리니를 구출하고 괴뢰 정권을 수립해 전쟁과 파시즘 체제를 계속 이어가고자 했다.

이 시기를 전후로 이탈리아 각지에서 다양한 파르티잔 그룹이 활발한 활동을 전개하면서 각 그룹의 연합체로서 이탈리아 해방위원회CLN를 결성했다. CLN은 공산당, 사회당, 행동당, 기독교민주당, 자유당, 노동민주당 등 여섯 개의 당으로 구성되었다. 행동당은 이른 시기부터 반파시즘 운동을 지속해왔던 진보적

자유주의 정당이었고, 이 정당 산하의 무장 조직인 '정의와 자유 Giustizia e Libertà'가 1929년 망명지 파리에서 결성되었다. 레오네 긴 츠부르그를 비롯해 나탈리아가 쓴 이야기에 등장하는 많은 사람 들이 '정의와 자유'의 일원으로 활동했다. 프리모 레비도 레오네 긴츠부르그 등의 뒤를 이어 '정의와 자유'에 가담했지만 아오스 타 계곡에서 파르티잔 활동을 벌이다가 체포당해 유대인이라는 이유로 아우슈비츠로 압송됐다.

1945년 4월 27일, 무솔리니는 코모 호숫가에서 파르티잔에 게 붙잡혀 다음 날 처형됐고 5월에는 독일이 항복했다. 『이탈리아 레지스탕스 사형수의 편지』는 이 시기 반파시즘 투쟁 과정에서 목숨을 빼앗긴 다양한 사람들의 유서를 당파와 상관없이 폭넓게 수록한 책이다. 처형당한 이들의 편지 중에서 정치적 이념이나 신 념을 정연하게 피력한 글은 많지 않다. 오히려 죽음을 목전에 둔 극한 상황 속에서 떠오른 마지막 생각이 소박하고도 간결한 언어 로 응축되어 있다. 유서를 남긴 사람들, 즉 학살된 사람들은 대부 분 이름 없는 민중들이다.

스무 살의 기계공이었던 아르만도 암프리노는 "산악 지대에 서 길고도 고생스러운 생활 끝에 이렇게 죽어야 하다니……. 이제 곧 성체를 나누어줄 형무소의 담당 신부님의 입회 아래 차분하게

죽음을 맞이할 겁니다. 나중에 신부님 계신 곳에 가면 내가 묻힌 장소를 가르쳐주실 겁니다."라고 남겼다. 예순한 살의 재봉사 주세페 안셀미는 세상에 남게 될 가족에게 이렇게 썼다. "오늘 밤, 처형된다고 들었다. (······) 잘 들어라, 나는 죄가 없어. 단지 부끄러움을 모르는 뻔뻔한 자들이 꾸민 덫에 희생된 것에 지나지 않아. 그러니 너희들은 지금보다 더욱 가슴을 펴고 떳떳이 살아야만 하는 거야." 가구를 만드는 마흔한 살의 장인 피에트로 베네데티는 아이들에게 이런 글을 남겼다. "공부와 노동을 사랑하거라. 정직한 삶이야말로 그 어떤 것보다 훌륭하며 인생의 훈장과도 같은 것이란다. (······) 인간에 대한 사랑을 삶의 신조로 삼고서 너희들과 같은 사람들의 소망과 고통에 항상 마음을 쓰거라. 자유를 사랑하고 이 보물을 위해서는 부단한 희생을, 때로는 목숨까지도 바쳐야만 한다는 사실을 잊어서는 안 된다. 노예의 삶이라면 차라리 죽는 편이 낫다. 어머니 조국을 사랑하거라. 하지만 진정한 조국은 세계라는 점, 세상 어디에도 너희들과 똑같은 사람들이 살고 있으며 그들이 바로 너희들의 형제라는 사실을 잊지 않도록!"

이 책의 서문을 쓴 연구자는 해방 투쟁 당시에는 행동당의 대표적 존재로서, 해방 후에는 수없이 전개된 평화 운동의 추진자로서

활동을 이어갔다. 그의 쌍둥이 누이동생은 반파시즘 투쟁 과정에서 체포되어 처참한 고문 끝에 총살당했다. 책의 서문에는 다음과 같은 구절이 있다.

> (이 책에 수록된 편지에는) 일관된 하나의 정신이 흐르고 있는데 그 정신은 인간성과 용기를 어떻게 최후까지 지켜낼 수 있었는지를, 또한 파시즘이 저지른 20여 년 동안의 죄가 희생자들의 혼에 의해 얼마나 부당하게 속죄되었는가를 후세까지 오래도록 증언해나갈 것이다. 이탈리아 민중은 저러한 시대에 양식良識을 발견할 수 있었다. 비록 그 이후로는 정의로운 실천을 게을리했지만.

이 글에는 두 가지 중요한 요소가 포함되어 있다. 하나는 이탈리아 민중이 수많은 희생을 치르고서 스스로 해방을 쟁취했다는 '자신감'이다. 또 하나는 해방 후 불과 7년 후에 쓴 이 서문에서 이미 "정의로운 실천을 게을리했다."는 쓰디쓴 반성을 볼 수 있듯, 투쟁의 성과는 급속히 풍화되고 만다는 교훈이다.

문화의 빛

전쟁이 끝나고 나탈리아 긴츠부르그는 에이나우디 출판사에서
일을 하게 되었다.

파시즘 시대에는 소설가도 시인도 사용할 수 있는 말을
빼앗겨버렸기에 단식을 강요당하듯 펜을 놓아버린 상태였
다. 그래도 글을 계속 쓸 수 있었던 얼마 안 되던 사람들은 여
전히 남아 있는 언어의 단편들을 소중하고도 소중하게 주의
를 기울여 사용했다. (……) 그런데 다시금 수많은 말들이 풍
요롭게 나돌게 되었고 현실은 손을 뻗으면 닿을 수 있는 곳으
로 돌아왔다. 그래서 예전에 단식을 하던 수도승처럼 절필했
던 작가들은 환호성을 지르며 새로운 포도 수확에 힘을 쏟게
되었다. (……) "나도! 나도!" 하면서 많은 이들이 저마다 수확
에 참가하려 했기에 그 결과 시의 언어와 정치의 언어 사이의
경계선이 흐릿해져 큰 혼란에 빠졌다. 드디어 현실이란 꿈의
세계와 마찬가지로 복잡하고 신비하며 판독할 수 없다는 사
실이 서서히 이해되기 시작했다. (……) 그러고는 전쟁 후의 즐
거운 수확기가 지나가고 비참과 절망 속으로 빠져버렸다.

나탈리아의 이야기는 대략 이 시기의 체사레 파베세에 대한 추억
으로 끝을 맺는다.

파베세는 우리 모두가 토리노를 비운 어느 여름에 자살
했다. 그는 마치 산책 코스나 파티 계획을 세우는 사람처럼
자신의 죽음에 관련된 모든 상황을 세심하게 준비하고 계산
했다. (……) 몇 년 전부터 늘 자살하겠다고 이야기했으므로
누구도 그 말을 진심으로 믿지 않았다. (……) 전쟁이 끝나자
마자 우리는 또다시 다가올 새로운 전쟁을 우려하기 시작했
기에 전쟁에 대해 끊임없이 생각하는 버릇이 생겨버렸다. 그
리고 우리 동료들 가운데 누구보다 새로운 전쟁을 두려워했
던 사람이 그였다.

나탈리아는 1950년에 영문학자 가브리엘레 발디니Gabriele Baldini
와 재혼하여 로마로 떠났다.

나는 레 움베르토 거리에 있는 그 출판사를 사랑했다.
몇 미터만 가면 카페 바라티가 있고, 예전에 발보 부부가 살
았던 집에서도 얼마 떨어지지 않은 곳에 있는, 그리고 파베세

줄리오 에이나우디. 에이나우디 출판사의 초대 사장.

가 죽은 아케이드 아래 그 호텔에서도 겨우 몇 미터밖에 되지 않던 에이나우디 출판사를.

로마로 이주한 후 나탈리아는 생애 대표작이 되는 몇몇 작품을 썼다. 『가족어 사전』은 1963년에, 대작 『만초니 가족』은 1983년에 출간됐다. 그 사이에는 상원의원으로 활동하던 시기도 있었다. 그리고 1991년에 만 75세의 나이로 삶을 마감했다.

짧은 토리노 방문을 마치고 밀라노로 돌아갈 시간이 가까워졌다. 이제는 익숙해진 트램에 올라 차창 너머로 옛 친구처럼 낯익은 레 움베르토 거리를 바라보면서, 교차로를 지날 때마다 저 멀리 언뜻언뜻 스치는 알프스 정상을 바라보면서 포르타 누오바 역으로 향했다. 역 건물은 대규모 증축 공사 중이었지만 화려한 상점과 카페가 거리에 즐비했다. '벤키'라는 가게에서 초콜릿을 사서 F와 나눠 먹었다.

내가 아는 토리노, 그을린 듯 우울한 토리노의 모습이 사라져가는 것처럼 느껴진 것은 그저 여행자의 감상일까. 모든 장소에서 온갖 것들이 급속도로 천박해지고 가벼워지고 있다. 훌륭한 사람들, 선한 자들은 이제 가고 없다. 말하자면 다 지나가버린 게다.

이 도시는 지난 한 세기 동안 그람시에서 긴츠부르그, 파베

Palazzo Reale

Monumentale di Torino

Palazzo Madama

Stazione di Torino
Porta Nuova

Via Roma

Cattedrale di
San Giovanni Battista

Basilica di Superga

세를 거쳐 프리모 레비에 이르는 지식인들을 배출하면서 풍요로운 문화적 자원을 전 세계로 공급해왔다. 고문, 학살, 추방, 망명, 배신……. 그런 경험들 속에서 토리노의 지식인들이 비춘 문화의 빛, 그리고 나탈리아 긴츠부르그와 프리모 레비의 작품에서 반짝이는 놀랄 만한 유머! 지적 휴머니즘의 극치라는 의미에서의 유머! 극동에서 삶을 누리고 있는 디아스포라인 나 역시 그 빛으로부터 자극과 은혜를 입었던 한 사람이다. 그것도 한순간의 빛줄기에 불과했던 걸까.

7장

밀라노

마리오 시로니

3월 8일 토요일 15시 50분, 토리노발 초특급 열차를 타고 밀라노로 돌아왔다. 밀라노 역에 도착하니 아직 해가 지지 않아서 숙소로 돌아오는 길에 보스키 디 스티파노 저택 미술관^{Casa Museo Boschi} ^{di Stefano}에 들렀다. 밀라노에는 옛 귀족이나 부유층이 살았던 집을 미술관으로 개조하여 공개하는 곳이 몇 군데 있다. 그런 작은 미술관을 보러 다니는 것도 여행이 주는 즐거움 중 하나다. 이틀 전 찾아갔던 빌라 네키 캄필리오 미술관은 원래 재봉틀 제조업으로 부를 쌓았던 부르주아 가문의 저택이었다. 보스키 디 스테파노 미술관은 주택가에 위치한 고급 집합주택인데 한 층을 소장 미술품 전시장으로 사용한다. 무료로 관람할 수 있다.

꽤 좋은 미술관이었다. 아킬레 푸니^{Achille Funi}(1890~1972), 필리포 데 피시스^{Filippo de Pisis}(1896~1956), 조르조 모란디, 조르조 데 키리코, 그 밖에 낯선 20세기 이탈리아 회화가 여러 점 진열되어 있었다. 특히 인상적이었던 곳은 '시로니의 방'. 마리오 시로니의 작품을 그렇게까지 의식하면서 본 적은 처음이었다.

미술사학자 와카쿠와 미도리^{若桑みどり} 씨 댁으로 찾아가 인터뷰를 한 적이 있다. 벌써 20년도 더 지난 일이다. 와카쿠와 씨는

사에키 유조, 「구둣방(cordonnerie), 1925년, 구루메 이시바시 미술관.

2007년에 세상을 떠났다. 인터뷰를 하면서 자신이 젊은 시절에 좋아했던 화가에 대해 이야기했다. "한 명을 꼽자면 사에키 유조 佐伯祐三(1898~1928)입니다. 정말로 그림을 좋아하는 사람이 아니라면, 사에키 유조가 화가들에게 어떤 존재인지 잘 모를 거라 생각해요."

공감 가는 말이었다. 나는 와카쿠와 씨보다 열다섯 살 정도 나이가 어렸지만 나 역시 사에키 유조에게 매료되었고 그 신화를 공유했던 사람 중 하나였다. 이어서 와카쿠와 씨는 제2차 세계대전 직후에 자신이 영향을 받은 이탈리아 화가 몇 사람을 이야기에 올렸다. 그때 마시모 캄필리Massimo Campigli(1895~1971)와 더불어 시로니의 이름을 들었던 일은 지금도 기억한다. 두 명 모두 당시 나에게는 익숙지 않은 이름이었다. 하지만 인터뷰를 기록한 책(「예술가를 죽인 사회」,『새로운 보편성을 향해─서경식 대화집』, 가케쇼보, 1999년)을 펼쳐 읽어봐도 '시로니'라는 이름은 나오지 않았다. 공부가 부족했던 젊은 시절의 나는 '시로니'라는 이름에서 특별한 인상을 받지 못했던 것 같다. 그래서 녹음된 대화를 옮겨 적는 과정에서 누락해버렸는지도 모른다. 인터뷰어로서 실격이다. 밀라노의 작은 미술관에서 후회해도 늦은 그때의 일이 떠올랐다.

마리오 시로니는 1914년부터 밀라노에 살면서 미래파 운동

마리오 시로니, 「과학과 예술의 이탈리아」, 1935년, 로마 대학.

에 가담했고 1922년에는 '노베첸토' 그룹의 창설자 중 한 명으로 참가했다. 이때는 무솔리니가 파시즘 정권을 성립한 해이기도 했다. 1925년에는 '파시즘 독재'가 선언되었다. 파시스트 이탈리아는 1935년에 에티오피아를 침공하고 그 후 스페인 내전에 개입한 뒤, 독일·일본과 함께 삼국 방공협정 체결을 거쳐 반유대주의 '인종법'을 공포하며 전쟁을 향한 길로 치달았다.

파시즘이 최고의 전성기를 맞이했던 1935년, 시로니는 국가 프로젝트의 일환으로 대벽화 「예술과 과학의 이탈리아」를 제작했다. 무솔리니의 제창으로 새로 건설된 로마 대학의 대강당을 장식한 벽화로 "뛰어난 예술과 과학의 전통을 가진 이탈리아가 파시즘 정권 아래 결집하여 승리와 영광을 거머쥐었다는 의미를 지닌 그림이다."(다니후지 후미히코, 「파시즘과 마리오 시로니 ─ 벽화 「예술과 과학의 이탈리아」를 둘러싸고」, 《예술연구》 13호, 2000년) 시로니는 파시즘의 위력 아래 "어쩔 수 없이 '창조를 지속해'왔던 것이 아니라 오히려 파시즘 정권에 적극적으로 '참가'했던" 것이다.

시로니는 이 벽화를 그리기 전인 1933년에 다른 화가와 함께 「벽화 선언」을 발표했는데 이른바 '미술 영역의 파시즘 선언'이라 할 수 있다. 이 글은 "파시즘은 하나의 삶의 방식이다. 바로 이탈리아 사람들의 인생 그 자체다."라고 무솔리니를 인용하면서 '개인

마리오 시로니, 「항구의 비너스」, 1919년, 보스키 디 스테파노 저택 미술관.

적' 미술을 폐지하고 미술의 '사회적 기능'을 강조했다. 그리고 "벽화는 개인적 표현이 아니라 대중에게 호소하는 사회적인 회화이며, 파시스트 미술의 목적에 부합하는 장르"라고 말한다. 이 구절에서 '파시스트 미술'이라는 말을 멕시코 벽화 운동이나 사회주의 리얼리즘 예술 운동이라는 말로 바꿔 넣어도 될 정도로 그 근간을 이루는 생각은 유사한 것 같다. 물론 그들 사이에는 깊은 단절선이 존재하지만 시간이 지나 생각해보면 그 선을 명료하게 구분하기란 어렵지 않을까? 혁신적이고 도전적인 의욕을 지녔던 예술 운동이 파시즘을 향해 흘러 들어간, '근대의 현기증'이라고 말할 법한 현상을 시로니를 둘러싼 국면에서도 확인할 수 있다(이 문제에 관해서는 모란디를 다루었던 4장에서도 언급했다).

보스키 디 스테파노 미술관에서 보았던 시로니의 작품은 정치적 회화도, 거대한 벽화도 아닌 비교적 작은 규모의 유채 타블로였다. 초기 작품일 것이다(「항구의 비너스」는 1919년 작품이다). 조르조 데 키리코의 영향이 드러나지만 좀 더 어둡고 내성적으로 보인다. 이 암울한 색조에 나는 호감을 느꼈다. F가 시로니를 보고 하세가와 도시유키長谷川利行(1891~1940)를 떠올렸다고 말했다. 듣고 보니 그렇게 보이기도 한다. 시로니의 작품은 내 속에 자리한 '파시스트'라고 하는 일반적인 이미지와는 완전히 일치하지는 않았

하세가와 도시유키, 「기관차고」, 1928년, 교통박물관.

다. 확실한 점은 이렇게 암울한 미학을 지닌 화가가 결국 파시스트로 변하여 무솔리니 예찬자가 되었다는 사실이다. 무엇이, 대체 어떤 것이 시로니라는 화가를 그런 길로 가게 이끌었을까?

와카쿠와 미도리 씨가 한때 좋아했던 작품은 보스키 디 스테파노 미술관의 '시로니의 방'에 있던 것과 같은 초기작이었을까? 와카쿠와 씨가 소녀였을 무렵은 독일, 이탈리아, 일본이 삼국 동맹을 맺은 시대였다. 시로니 같은 이탈리아 작가의 작품이 일본에 적극적으로 소개되었음이 틀림없다. 화가를 지망했던 와카쿠와 씨의 기억 속에 시로니가 새겨진 것은 시대 배경 때문이기도 하겠고, 전후에 태어난 나에게 그 이름이 낯선 까닭 역시 같은 이유일 것이다.

그렇다고 해서 파시즘으로 기울었던 시로니의 책임을 가볍게 보려는 생각은 없다. 예술가 혹은 학자나 기업 경영자라도 마찬가지겠지만 그러한 점을 고려하여 전쟁 책임을 감면받을 이유는 없다고 생각한다. 파시즘으로 희생된 자들의 일을 떠올려보면 시로니의 경우는 더욱 엄격하게 비판해야 마땅하다. 다만 이 지점에서 내가 이야기하고 싶은 것은 시로니를 '파시스트'라는 한 단어로 정의하고는 마냥 편하게 넘어갈 수 없다는 점이며, 이러한 문제는 예술 세계에 뿌리 깊게 이어져온 현상이라는 사실이다. 이 점

마리오 시로니, 「가스탱크」, 1943~1944년, 개인소장.

을 생각하지 않고서는 앞서 말한 '근대의 현기증'에서 진정으로 회복할 길이 없다.

미술은 태생 자체가 권력에 휩쓸리기 쉬운 성격이 있기 때문에 권력과는 항상 위태로운 관계를 맺어왔다. 피카소 같은 예외적인 사례가 있다고는 하지만 권력으로부터 정신적 독립을 지켜내는 일은 예술가에게 숙명적 난제다. 최대의 패트런(지원자)인 권력자는 힘과 재력을 무기 삼아 예술가에게 기념할 만한 대작을 제작해달라고 요구한다. 어떤 경우에는 '어쩔 수 없이', 대부분의 경우는 기뻐하며 예술가는 그 요구에 응한다. 부와 명성을 얻을 수 있는 가장 빠른 길이기 때문이기도 하지만, 아울러 '만들고 싶다'는 제작 욕구처럼 제어하기 힘든 욕망을 충족해야만 하는 예술 행위 특유의 함정이 늘 도사리고 있는 까닭이다.

전쟁 중에 솔선해서 전의를 고양하는 그림을 제작하여 일본 서양화단에 군림했던 후지타 쓰구하루藤田嗣治(1886~1968)의 예를 굳이 손꼽지 않아도 될 만큼, 이는 드문 이야기가 아니다. 그렇기 때문에 후지타 같은 이에게 전쟁 책임을 엄격하게 추궁하는 것은 정치적 과제로서뿐만 아니라 예술적 과제로서도 꼭 필요한 일이다.

사에키 유조는 1924년부터 파리에서 그림을 배우다가 1926

후지타 쓰구하루.

년에 일시 귀국해 큰 성공을 거뒀다. 일본에 그대로 머물 수도 있었지만 이듬해에 다시 프랑스로 건너갔다. 일본의 습윤한 대기나 나무와 종이로 지어진 건물이 아무래도 자신이 그리고 싶은 그림과는 어울리지 않는다는 이유에서였다. 다시 건너간 파리에서 마치 무언가에 쫓기듯 그림을 그려댔던 사에키는 지병인 결핵이 악화되었고 정신적으로도 피폐해져 1년 후 세상을 떠났다. 사에키가 객사했던 시기는 '다이쇼 데모크라시'가 짓밟히고 치안유지법이 공포되는 등 일본 사회가 전쟁으로 전락해가던 시대였다.

만약 사에키가 살아남아 전쟁을 맞이했다면 어떻게 되었을까? 당시 서양화단에서 대스타라고도 할 만한 존재였으므로 국가 권력의 입장에서 보면 이용 가치가 무척 높았음에 틀림없다. 사에키도 후지타처럼 전의를 고양하기 위한 거대한 규모의 전쟁화를 그렸을까? 아니면 지난날 일본의 습윤한 풍경을 앞에 두었을 때처럼 "안 돼, 난 그릴 수 없어."라고 괴로운 듯 중얼거렸을까? 일본의 침략 전쟁이 본격화되기 전에 젊은 나이로 세상을 떠난 사에키 유조는 그러한 질문에서 자유롭다. 오히려 행운이었다고 말해야 할지도 모른다.

파시즘 권력은 시로니에게 막대한 자금과 명성을 제공하고 대벽화를 제작하게 했다. 이어 이야기할 미켈란젤로의 시스티나

미켈란젤로, 「론다니니의 피에타」, 1564년, 대리석, 스포르체스코 성.

성당 천장화와 벽화 제작과도 비슷한 작업이었다. 이 두 사례는 유사하지만 동일하지는 않다. 시로니는(후지타 쓰구하루 또한) 미켈란젤로가 아니었다. 나는 그렇게 생각해왔지만 정말로 그렇게 단정할 수 있을까?

광풍

다음 날인 3월 9일은 이탈리아 여행의 마지막 날이었다. 느지막이 일어난 나와 F는 스포르체스코 성Castello Sforzesco으로 향했다. 미켈란젤로의 「론다니니의 피에타」와 대면하기 위해서였다. 그 기회를 여행 마지막 날로 남겨두었던 것이다.

「론다니니의 피에타」를 보는 것은 이번이 처음이 아니었다. 하지만 처음 마주했을 때의 인상은 아무리 30년 전이라고는 해도 몹시 흐릿했다. 당시 나는 젊고, 성급했고, 무지했다.

1983년 가을, 서른두 살이었던 나는 처음으로 유럽 땅을 밟았다. 스위스에서 네덜란드, 벨기에, 파리를 거쳐 이탈리아로 향했고 다시 파리로 돌아왔다. 독일, 스페인을 거쳐 마지막에는 영국을 방문했다. 거의 석 달 동안 홀린 듯이 오로지 미술 작품을 보

미켈란젤로, 「죽어가는 노예」, 1514년경, 파리 루브르 미술관.

기 위해 걸었던 여행이었다. 그때 피렌체에서 미켈란젤로의 주요 작품도 봤을 테지만 마음은 오히려 우피치 미술관의 보티첼리나 산 마르코 수도원의 프라 안젤리코에 집중되어 미켈란젤로에 대한 기억은 가물가물하다.

그해 여행에서 파리 루브르 박물관에 있는 「죽어가는 노예」와 「반항하는 노예」를 보았던 기억만은 또렷하다. 여행을 떠나기 전부터 나는 이 조각상을 보는 일을 하나의 의무로 여겼기 때문이다. 당시 나의 두 형은 정치범으로 한국에서 투옥 중이었다. 그때 옥중 생활은 이미 12년에 다다랐고 석방의 희망은 보이지 않았다. 형들 중 한 명은 옥중에 넣어준 책의 삽화를 통해 이 '노예' 상을 봤다고 편지로 전해왔다. 그러니 나는 갇힌 형을 대신해서 이 '노예'의 실물을 내 눈으로 확실히 보고 오리라 마음먹었던 것이다.

그런데 파리에 머물면서 루브르 박물관에는 몇 번이나 갔지만 조각 전시 구역까지 가서 '노예들'과 대면하는 것은 불가능했다. '마음이 내키지 않았다.'라는 표현으로는 충분치 않다. 다리가 납처럼 무거워서 움직이기 힘들었던 것이다. 여행이 주는 피로 탓도 있었겠지만 온전히 그 때문만은 아니었다. 미켈란젤로라는 존재가 지닌 무언가가 두꺼운 벽이 되어 앞을 가로막고 있는 듯했다.

내가 스스로에게 부과한 의무를 다한 것은 파리를 떠나기 직

미켈란젤로, 「반항하는 노예」, 1514년경, 파리 루브르 미술관.

전이 되어서였다. 실제로 대면한 '노예'는 반항을 계속하여 빈사 상태였다. 나의 상상 속, 감옥에 있는 형의 모습 그 자체였다. 자유로운 여행자인 나는 그저 '감상'만 하고 있을 뿐이었다. 당시의 심경을 요약해 이런 문장을 썼다. "마음에는 뭐라고 이름 지을 수 없는 광풍이 휘몰아쳐서 도무지 진정할 줄을 모른다."(『나의 서양 미술 순례』)

그로부터 6~7년이 지나 다행히 형들은 살아서 출옥할 수 있었다. 물론 그 이후에도 피렌체에서 「다비드」를, 바티칸에서 「피에타」와 「시스티나 성당 천장화」 등을 본 적이 있다. 하지만 아무리 생각해도 겉핥기식으로밖에 보지 못했다. 그러니까 나는 미켈란젤로에게는 그렇게 깊숙이 다가가지 않았다. 가벼이 여겨서가 아니다. 오히려 반대다. 저 '광풍' 같은 기억이 사라지지 않기 때문이다.

그랬던 내가 어느새 환갑을 넘긴 나이가 되었다. 이제 노년에 가까워지는 자의 눈길로 미켈란젤로를 마주했을 때 무언가 다른 것이 보일까? 이번 여행에서 스스로에게 던진 질문이었다. 여행 초반부터 로마에서 시스티나 성당을 방문하고 산 피에트로 대성당에서 「피에타」를 대면한 것도 그런 생각 때문이었다.

스포르체스코 성.

피에타

일요일이라서 스포르체스코 성과 주변은 사람들로 붐볐다. 세계 각국에서 찾아온 관광객도 많았고 어린아이를 데리고 나온 지역 주민들도 눈에 띄었다. 700년 역사를 지닌 이 성은 화려한 궁정이라기보다 어딘지 음산한 인상을 준다. 당연할 것이다. 원래 요새로 쓰기 위해 만들어진 이 성은 스페인(1535~1706), 오스트리아(1706~1796), 프랑스(1796~1814), 그리고 다시 오스트리아로, 밀라노 공국이 차례차례 외국에 지배당하는 동안 병사들의 막사로 사용되었다. 이탈리아 통일 후인 19세기 말에야 수복되어 시민에게 박물관으로 개방되었다.

넓은 중정을 감싸듯 서 있는 견고한 석조 건물 안에는 고대 미술관, 회화관, 이집트 박물관, 그밖에도 판화, 가구, 사진 등을 전시하는 공간과 도서관이 배치되어 있다. 고대 미술관 관람 코스의 마지막 방에 「론다니니의 피에타」가 있다. 건물 밖은 북적댔지만 전시장 안은 관람자의 그림자마저 거의 찾아볼 수 없을 만큼 조용했다. 예전에 분명 봤을 작품인데도 전혀 그런 느낌이 들지 않았다. 이 하얗고 가늘고 긴 조각상은 실제 크기보다도 훨씬 커 보였다. 주위를 두세 번 천천히 돌았다.

미켈란젤로, 「론다니니의 피에타」, 1564년, 대리석, 스포르체스코 성.

피에타 상은 대부분 마리아가 죽은 아들 예수를 품에 안고 있는 모습이지만 이 조각상은 어머니가 뒤에서 아이를 감싸 안아 올리며 서 있다. 무덤 구멍으로부터 죽은 몸을 들어 올리는 모습, 지금 바로 지상을 떠나 '승천'하려는 듯한 모습으로 보이기도 한다. F는 빨리도 눈물을 글썽인다.

미켈란젤로가 89년 생애의 고투 끝에 만든 마지막이자 미완성 작품이다. '미완'이라고 썼는데 분명 사실이다. 정을 한 자루 손에 쥐고 순백의 대리석 덩어리 속에 갇혀 있는 무언가를 깎아내어 바깥으로 드러내는 행위. 미켈란젤로는 몇 번이나 그 일을 시도한 끝에 결국 도중에 그만두었던 것이다. 하지만 무릇 '미완'이란 무슨 의미일까, 예술에서 '완성'이란 또 무엇일까. 이 작품과 마주하면 이런 의문이 들끓듯 일어난다.

미켈란젤로가 20대일 때 만든 작품, 예컨대 피렌체에 있는 「다비드」나 바티칸의 「피에타」와 이 작품을 비교해본다면, 흔히 말하는 '완성도' 측면에서는 젊은 날의 작품이 60년 후의 「론다니니의 피에타」를 훨씬 앞선다. 말하자면 미켈란젤로는 완성으로부터 한 걸음 더 나아간 완성을 향해 계속 노력하다가 미완의 피에타를 남기고서 결국 탈진해버린 셈이다. 그렇지만 이야말로 '완성'이었다. '미완성의 완성'이다. 그렇게밖에 생각할 수 없지 않을까.

미켈란젤로, 「피에타」, 1498~1499년, 바티칸 산 피에트로 성당.

예술 사상 연구자 기노시타 나가히로木下長宏가 서술한 내용도 내 감상과 가깝다. 아카데미아 미술관이 소장한 네 점의 '노예' 조각상에 대해 기노시타는 "이들은 '미완성'이 아니다. 이미 하나의 '완성'인 것이다. 이 '완성'은 움직이는 완성이다. 이동하는 완성이다. 아니, '생성하는 완성'이라고 말해도 좋지 않을까?"라고 썼다. 기노시타는 「론다니니의 피에타」에 관해서도 이렇게 말했다.

미켈란젤로가 남긴 미완의 조각 작품은 항상 '생성하는 완성'으로 나타난다. 그러므로 미켈란젤로의 조각에 '미완성'은 존재하지 않는다고 단언할 수 있다.(기노시타 나가히로, 『미켈란젤로』, 주코신서, 2013년)

미완성의 완성

역사학자 하니 고로羽仁五郎는 1939년에 초판 발행된 역사적인 명저 『미켈란젤로』(이와나미)에서 이렇게 썼다.

1564년 초반 미켈란젤로는 '폭풍우 치는 바다를 스쳐 지

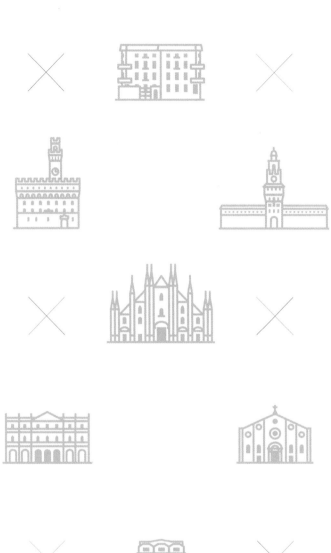

나온 생애'의 끝자락에 다다랐다. 그는 하루하루 시들어갔다. 그렇지만 여전히 도구를 버리지 않았다. 2월 12일 미켈란젤로는 피에타를 새기며 하루 종일 서 있었다. 피에타 론다니니다. 참혹하기 그지없는 작품. 젊은 날 미켈란젤로의 첫 번째 걸작이 된, 희망으로 가득 찬 피에타. 그리고 최후의 비통 그 자체를 말하는 피에타. 어쩌면 이다지도 대조적일까.

하니는 이 작품에서 누구라도 '이상하리만큼 비통한 인상'을 받는다며 '독자 여러분이 자기만의 식견'을 갖고서 이 미완의 피에타를 이해해보라고 호소한다.

이 작품에서 미켈란젤로는 그가 지금까지 전 생애 동안 어떤 작품으로도 시도하지 않았던 예술 표현을 찾고자 했던 듯하다. 그래서 이 작품에서는 초현실주의적 또는 초이상주의적인 인상, 그리고 표현주의의 느낌마저 전해진다. (……) 현실 혹은 이상을, 그리고 자신만의 표현까지도 남김없이 추구하여 최후의 활로를 열어젖히고자 한 작업이다. 아! 미켈란젤로는 어디를 향해 가고자 했던 걸까?

1564년 2월 16일, 미켈란젤로는 마지막으로 격렬한 발작에 휩싸였다가 한때 회복할 기미를 보이기도 했지만 2월 18일 영원한 잠에 들었다. "그 죽음과 동시에 바로 저 피에타 론다니니가 서게 되었으리라."(하니 고로, 위의 책)

미완의 피에타는 작가가 힘에 부쳐서 생겨난 결과가 아니라 명확한 예술적 의도로서 나타난 것이며, 그 의도는 미술사적으로 말하면 미래의 표현 형식을 선취한 것이라는 견해도 있다. 「론다니니의 피에타」를 보고 있으면 분명 20세기 이후의 표현 형식이 미리 얼굴을 비춘 것처럼 보인다. 그렇기에 두 차례 세계대전이라는 참화 이후의 우리, 즉 '아우슈비츠 이후'(아도르노)를 살아가는 우리에게도 강하게 육박해오는 표현이 될 수 있을 것이다.

나는 지금까지 나치 강제수용소 터를 몇 군데 찾아갔지만 아우슈비츠, 마우타우젠, 부헨발트 등에 설치된 많은 기념 조형물의 표현에서 (말하기에 송구스럽지만) 어쩔 수 없는 부족함을 느끼곤 했다. 사건이 주는 강도와 작품이 말하는 바가 길항하지 않았던 탓이다. 그런 점에서 강제수용소에 세워진 기념물이 「론다니니의 피에타」였다면 인상은 달라졌을 것이다. 500여 년 전에 미켈란젤로라는 한 예술가가 펼쳤던 표현 활동이 그 '위대함' 때문이 아니라 '이상스러운 비통함'으로 인해, '아우슈비츠 이후의 예술'

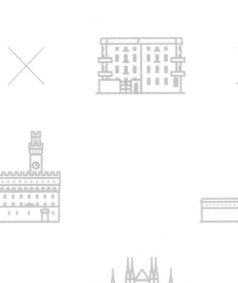

에 걸맞은 질량을 갖추고 있다니, 실로 경이롭다. 그래서 「론다니니의 피에타」는 예술과 인간성에 대한 끝없는 사색으로 나를 이끈다.

이렇게 쓰기는 했지만 미켈란젤로가 스스로 명확한 표현 의도를 갖고서 이 피에타를 미완으로 끝맺었다고는 생각지 않는다. 이러한 사실은 많은 전문가들의 면밀한 연구를 통해 밝혀지기도 했다.(『미켈란젤로』, 앤소니 휴스, 남경태 옮김, 한길아트, 2003년) 「론다니니의 피에타」는 작가가 힘을 다 쏟아버렸기에 생겨날 수 있었던 우연의 산물이었던 셈이다. 이 얼마나 기막힌 우연인가. 그것도 이 범상치 않은 예술가가 90년에 가까운 생애를 오로지 창조를 위한 고투한 끝에 일어난 사건인 셈이다. 이런 의미에서 우연 또한 예술적 행위의 창조물일 것이다.

나는 미켈란젤로에 대해 오랫동안 선입견을 가져왔고 실제로 그의 명작을 여러 번 접했어도 피상적인 것을 넘어서는 감격에 휩싸인 적은 없었다. 그러나 이 최후의 작품을 기점으로 해서 시간적으로 거슬러 올라가듯 작품들을 상기해보니 또 다른 풍경이 떠오르는 듯했다. 천재 미켈란젤로는 20대에 완성이라는 영역에 도달했다. 평범한 사람이라면 이후에 타성에 빠진 인생을 살았을지도 모른다. '자신의 형식'에 만족해 줄곧 그 안에 머물렀을 수도

다니엘 다 볼테라, 「미켈란젤로의 초상」, 1544년, 뉴욕 메트로폴리탄 뮤지엄.

있다. 하지만 미켈란젤로는 이 '완성'에서 한발 더 앞으로 나아가려고 힘겨운 싸움을 계속했고, 마지막으로 '미완성의 완성'을 남기고서 목숨이 다했던 것이다. 「론다니니의 피에타」, 미켈란젤로에게 이보다 더 완벽한 '완성'이 있었을까.

미켈란젤로는 살아 있다

미켈란젤로 디 로도비코 부오나로티 시모니^{Michelangelo di Lodovico Buonarroti Simoni}는 1475년 피렌체 교외의 카프레세라는 마을에서 태어났다. 아버지 루도비코는 은행 경영에 실패한 후 그 무렵 공화국 정부의 임시 직원으로 생계를 꾸려가고 있었지만 스스로 명문 시민계급에 속한다고 주장했다. 일가는 피렌체로 겨우 돌아왔고, 미켈란젤로는 여섯 살 때 학교에 다니기 시작했다. 그러나 성적이 나쁜 학생이라서 또래에 비해 읽기도 쓰기도 늦었고 고전어에도 신통치 않았다. 그저 그림을 그리는 일에만 의욕을 보였다고 한다.

소년 미켈란젤로는 열세 살이 되자 당대 인기화가 도메니코 기를란다요^{Domenico Ghirlandaio}의 공방에 도제로 들어갔다. 산 마르코 수도원 정원에는 피렌체 최고의 권력자 로렌초 데 메디치^{Lorenzo}

도메니코 기를란다요의 자화상(추정).

de' Medici(일 마니피코)가 수집한 미술품이 늘어서 있었다. 거기서 미켈란젤로는 일 마니피코로부터 대리석을 받아 목양신을 새겨보라는 이야기를 들었다. 미켈란젤로가 완성한 작품에 푹 빠져버린 일 마니피코는 그 천재 소년을 자신의 집에서 살게 했다.

열다섯 살이 된 미켈란젤로는 "오락을 멀리하고 친구를 사귀지 않았으며 젊은 여성에게도 눈길을 주지 않았다. 음울하고 과묵한 성격이라 걸핏하면 싸움을 했다. 언젠가는 피에트로 토리자노라는 남자와 말싸움 끝에 결국 호되게 얻어맞아 코뼈가 주저앉은 적도 있었다. 그 사건 이후 점점 더 사람을 피하게 되었고 성격도 삐뚤어졌다."(몬타넬리 외,『르네상스의 역사―반종교개혁의 이탈리아』, 주코문고, 1985년)

이때는 산 마르코 수도원 원장 지롤라모 사보나롤라Girolamo Savonarola가 일 마니피코와 심각하게 대립하던 시대다. 일 마니피코가 죽고 몇 년이 지나 1494년부터 4년 남짓한 기간 동안 사보나롤라는 향락과 퇴폐 풍조를 규탄하면서 피렌체의 신공화제 아래 사실상 독재자로 군림했다. 가요곡, 무도, 도박, 경마 같은 오락은 모두 금지했으며 신을 모독한 자에게는 혀를 뽑는 형벌을 내렸고, 동성애자도 엄벌에 처했다. 축제와도 같았던 일 마니피코 시대의 분위기는 모조리 사라졌다. 압수한 대량의 '사치품'은(그중에는

프라 바르톨로메오, 「지롤라모 사보나롤라」, 1495년경, 피렌체 산 마르코 박물관.

귀중한 필사본과 일급 미술품도 섞여 있었지만) 광장에 쌓아놓고 모두 불살랐다.

사보나롤라는 교황 알레산드로 6세에게 파면되어 처참한 고문 끝에 '거짓 예언자'라는 명목으로 유죄 선고를 받았다. 1498년 5월 23일, 피렌체의 많은 시민이 지켜보는 가운데 자신의 주도 아래 '허영의 소각'이 처해졌던 시청 앞 광장에서 제자 두 명과 함께 교수형을 당한 후, 다시 화형을 당했다.

신학상의 문제는 차치하고라도 사보나롤라는 20년 후 종교개혁의 기치가 된 도덕적 요청을 확실히 먼저 제기했다고 볼 수 있다. 성자처럼 살면서 스스로의 신념으로 순교를 당한 이 인물이 신의 계시를 입에 담는 데마고그(선동자)였다는 점은 조금도 그 위대함을 손상하지 못한다.(몬타넬리 외, 앞의 책)

미켈란젤로는 이 사건의 전말을 어떤 기분으로 지켜보았을까? 그는 일 마니피코에게 큰 은혜를 입으면서도 동시에 정적 사보나롤라의 '도덕적 요청'에도 공감했다. 이러한 정황은 이후 그의 작품 구석구석에서 나타난다. 예를 들어 시스티나 성당 벽화 「최

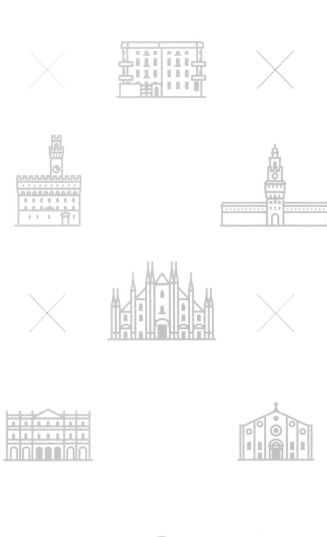

후의 심판」에 표현된 나체는 교회 권력으로부터 외설이라는 비난을 받기도 했지만, 한편으로는 이와 모순되는 '지엄한 아버지'(엄격한 '도덕적 요청'을 체현하는 신)로서의 그리스도 상이 그려져 있다. "그림의 배후에 (……) 사보나롤라의 분위기가 '떠다니는' 것이다."(몬타넬리 외, 앞의 책)

사보나롤라가 처형된 다음 해인 1499년, 로마로 이주했던 미켈란젤로는 '피에타'를 완성했다. 작품의 성공으로 "주문이 물밀듯이 들어왔다. (……) 그렇지만 인기 작가가 되었다고 해도 성격은 온화해지지 않았고 그대로였다. 변함없이 친구를 사귀지 못했고, 술집이나 유곽은커녕 여자를 쳐다보지도 않았다. 땟국에 전 옷에, 빗질도 목욕도 좀체 하지 않았다. 달랑 한 벌뿐인 더러운 옷을 입고 구두를 신은 채 잠들었다."고 한다.(몬타넬리 외, 앞의 책)

1501년 피렌체로 돌아온 미켈란젤로는 그로부터 2년 남짓한 시간을 들여 「다비드」를 제작했다. 이 거대한 조각상은 1873년 아카데미아 미술관으로 옮겨지기까지 피렌체 공화국 청사 베키오 궁 앞에 서 있었다. 지금 그 자리에 있는 「다비드」는 복제품이다.

미켈란젤로는 지금도 살아 있다. 의심하는 자는 다비드를 보라!

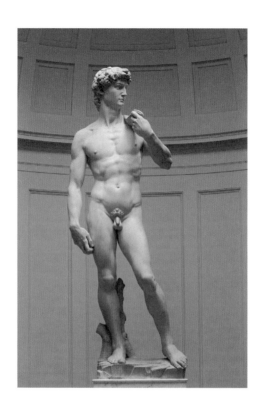

미켈란젤로,「다비드」, 1504년, 피렌체 아카데미아 미술관.

하니 고로의 저서 『미켈란젤로』 첫머리에 나오는 구절이다. 미켈란젤로에 대한 저서 중에서 나에게 가장 기억에 남는 책이다.

미켈란젤로의 「다비드」는 르네상스의 자유도시 국가 피렌체 중앙광장에서 의회 정면 계단을 지키며 서 있다. 실 한 오라기 걸치지 않은 몸으로, 새하얀 대리석의 맨몸뚱이로. 그리고 왼손에 쥔 가죽 물맷돌을 어깨에서 등 너머로 걸쳐놓고 골리앗을 쓰러트릴 돌멩이는 오른손에 움켜쥐었다. 왼발은 실로 한 발자국 내딛는 듯하다. 보라! 굳게 다문 입과, 아름다운 머리카락 아래 지성과 힘으로 아로새겨진 눈썹을! 치켜뜬 두 눈은 인류의 적, 민중의 적을 응시한다.

기나긴 중세 봉건의 압제 아래에 있던 어두운 세계로부터 드디어 빠져나온 인류가 새로운 세계, 새로운 사회를 향한 발걸음을 시작한다. 그 선두에 서서 달려 나간 르네상스의 꽃, 피렌체의 자유 독립 시민들. (……) 그 군중의 한가운데에 미켈란젤로의 「다비드」가, 자유도시 피렌체에서 선거로 수립된 시뇨리아 정부의 의사당 팔라초 베키오 정면에 우뚝 서 있다! 이토록 아름다운 것이 이 세상에 존재할 수 있을까?

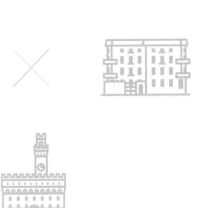

하니는 1901년에 태어났으니 이 책을 30대 무렵에 쓴 셈이다. 당시 일본은 중국 침략 전쟁이 장기화되면서 국가총동원 체제 아래 군국주의가 급격히 고조되는 상황이었다. 1939년 9월에는 나치 독일의 폴란드 침공으로 제2차 세계대전이 발발했다. 그런 시대에 하니 고로는 "파시즘에 대한 반대와 자유를 압살하려는 시도에 저항하는 의미를 담아 미켈란젤로를 '자유도시' 피렌체에서 투쟁한 시민 영웅으로 묘사했던" 것이다.(모리타 요시유키, 「서문」, 조르조 스피니, 『미켈란젤로와 정치』, 도스이쇼보, 2003년) 전후에 태어난 나 역시 이 책을 필독서로 삼은 사람 중 한 명이다.

하지만 미켈란젤로에 대한 하니 고로의 관점은 오늘날 '이상화·단순화'된 의견으로 여겨진다. 원래 당시 '시민Cittadini'이란 오늘날 우리가 보통 떠올리는 '시민'과는 달리 "옛 귀족층으로부터 도시 권력을 탈취한 부유한 상인이나 은행가를 중심으로 한 신흥 시민 계층"이었다.

그들은 자신보다 아래 계급인 중소시민 상공업자나 하층 노동자에 대해서는 명확한 우월감과 차별의식을 갖고 있었다. 따라서 그들이 주장했던 공화주의 체제는 한정된 귀족적 공화제와 본질적으로 다를 바 없으며, 근대적인 민주 공화

제와는 근본적으로 달랐다.

또한 미켈란젤로라는 인간의 심성이나 행동의 궤적 역시 투쟁하는 공화주의자라는 성격으로 단순히 파악할 수는 없다. 즉 차례차례 벌어진 권력 교대극과 메디치 권력의 전제화 과정에서 미켈란젤로는 극도의 경계심과 공포심에 휩싸여 끊임없이 동요했다. 그렇게 연약하고 소심한 인간의 자기보신과 비참한 변절로 가득 찬, 상상할 수 없을 만큼 복잡하고 굴절된 삶이었다.

이상은 이탈리아 미술사의 권위자 모리타 요시유키의 글에서 인용한 문장이다. 읽어보니 전문연구자가 아닌 나 역시 과연 그렇겠다는 생각이 든다. 그런 의미에서 하니 고로가 미켈란젤로를 '이상화·단순화'했다는 지적에 딱히 반론할 수가 없다.

다만 나는 조금 다른 시각에서 바라보기도 한다. 하니의 저작은 최근의 학문적 견해를 반영하고 있다고는 말할 수 없으며, 있는 그대로 해석한다면 변해가는 시대의 비판을 견딜 수 없을지도 모른다. 하지만 이를 미켈란젤로의 예술로 인해 촉발되어 하니 고로가 스스로 만들어낸 또 하나의 예술 작품(문학 작품)으로 본

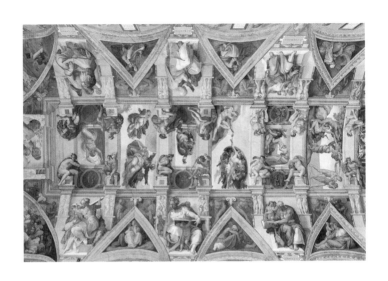

미켈란젤로, 「시스티나 성당 천장화」, 1541년, 바티칸 시스티나 성당.

다면 어떨까. 1930년대 후반의 일본에서 진보적 정신으로 충만했던 한 젊은이가 미켈란젤로를 소재로 삼아 있는 힘껏 저항을 시도했다는 의미다. 이러한 예술적 행위는 미켈란젤로의 작품이 가진 힘이 없었다면 불가능했을 것이다. 르네상스 시대 이탈리아에 살던 조각가가 500년 후 동아시아 청년 지식인에게 영감을 주고 저항을 북돋웠다는 것은 하나의 예술적 사건이 아닐까. 모리타 같은 전문가의 견해를 충분히 인정하지만 나는 미켈란젤로에게 그런 힘이 있었다고 생각한다. 미켈란젤로의 힘을 온전히 받아들이고 자신의 것으로 삼아 새로운 예술을 건져 올린 하니 고로 또한 물론 범상치 않은 인물이다.

괴로움 속에서 제작을, 제작 속에서 괴로움을

「다비드」를 제작하고 4년 후, 미켈란젤로는 교황 율리우스 2세의 명으로 「시스티나 성당 천장화」의 제작에 착수했다.

먼저 밑그림을 그려 천장의 벽화로 옮기면서 시작했지만 발판 틀에 걸쳐놓은 가로목 위에 몸을 젖히고 누워서 촛불에

미켈란젤로, 「최후의 심판」, 1533~1541년, 바티칸 시스티나 성당.

의지해 그려야만 했다. 초인적이라고 할 만큼 고된 작업이었다. (……)「시스티나 성당 천장화」를 위해 미켈란젤로는 1508년 5월부터 1512년 10월까지 거의 쉴 틈 없이 작업에 매달렸다. (……) 말로 표현할 길 없는 4년간의 고투는 미켈란젤로를 20년이나 늙게 만들어버렸다. 몸은 굽었고 시력이 떨어졌으며 성격은 더욱 강퍅해졌다. 이처럼 역사상 유례없는 장대한 작업 앞에서 미켈란젤로는 죽음의 유령과 지옥의 고통을 겪는 듯한 형벌이 주는 고통에 가위눌려 불안한 마음을 숨김없이 털어놓았다.(몬타넬리 외, 앞의 책)

1533년 58세가 된 미켈란젤로는 시스티나 성당에 벽화「최후의 심판」을 그리겠다고 교황 클레멘스 7세에게 약속했다. 이 작품은 그가 66세가 된 1541년에 드디어 완성되었으나 1564년 1월 트렌토 공회의의 결정을 받아들인 교황 피우스 4세로부터 '외설로 간주된 부분을 천으로 가릴 것'을 명령받았다. 세상을 떠나기 한 달 정도를 남기고 미켈란젤로는 필생의 대작이 세상의 몰이해로 굴욕에 처해지는 경험을 하게 된 셈이다.

미켈란젤로는 어떤 사람이었을까? 성자였을까, 아니면 괴물이었을까? 무엇보다 그는 조각가였고 화가이자 건축가였다. 동시

미켈란젤로, 「최후의 심판」, 1533~1541년, 바티칸 시스티나 성당.

에 시인이기도 했으며 수백 편의 소네트를 남겼다. 그가 지은 시와 노래 대부분은 아마도 동성애의 대상이기도 했을 가장 아끼던 제자 토마소 카발리에리와, 신앙이나 철학에 대한 이야기를 주고받았던 친구 비토리아 코로나에게 바쳐졌다.

사람들은 "르네상스의 위대한 거장들 중에서도 미켈란젤로는 의심할 여지없이 최고의 자리에 앉아야 할 존재다."라고 말한다.(몬타넬리 외, 앞의 책) 말 그대로다. 그렇지만 '위대'라는 말을 표면적으로 받아들여 틀에 박힌 문구로 반복하는 일은 옳지 않다. 그건 예전의 내가 그랬던 것처럼 미켈란젤로가 지닌 진정한 위대함에 대한 이해와 공감으로부터 사람들을 멀찍이 떨어트려놓는 일이다. 스포르체스코 성 한구석에서 「론다니니의 피에타」 주위를 걸으며 더욱 그런 느낌을 받았다.

미켈란젤로의 생애 동안 피렌체의 정치 체제는 로렌초 데 메디치(일 마니피코)의 참주제로 시작하여, 두 명의 메디치 교황 시대를 거쳐 코시모 1세의 절대군주제까지 이르렀다. 그사이 두 번의 메디치 가문 추방이 있었고 사보나롤라의 민중공화제나 소데리니의 과두공화제, 그리고 과열된 포위전도 경험했다. (……) 절대군주들이 60년 이상에 걸쳐 단속적으

로 투쟁을 거듭했던 이탈리아 전쟁이 피렌체의 격변으로 상징되는 이탈리아의 비운을 결정지었던 것이다. (……) 미켈란젤로의 생애는 그런 이탈리아 전쟁을 고스란히 반영하고 있다. 전쟁에 둘러싸인 패트런을 섬기던 예술가의 생애가 평온할 리 없다. 사실 미켈란젤로는 괴로움 속에서 작품을 만들었고, 작품을 만들며 괴로워했다.

위의 글은 이탈리아 역사 연구자 마쓰모토 노리아키松本典昭를 인용한 것이다.(「미켈란젤로 시대의 이탈리아 정치」, 『미켈란젤로와 정치』) 나에게는 마쓰모토의 이 언급이 무척 잘 이해된다. 얼마나 변화가 격렬하고 무자비하며 각박한 시대였던가. 소용돌이의 한복판에서 그저 살아남는 것만으로도 힘겨웠을 텐데 이 예술가는 기나긴 생애 동안 창조에 온 힘을 쏟았다. 그를 지원했거나 혹은 이용했던 권력은 차례차례 바뀌면서 서로 다투기도 했다. 미켈란젤로가 눈앞의 수입이나 영달을 위해 일했다면 이 같은 삶을 완수하기란 도저히 불가능했을 것이다. 그는 강인하고 대적할 자가 없는 사람이 아니었다. "인간적인 연약함을 지닌 채 소심하게 자기보신을 했던" 사람이었다. 다만 그는 어디까지나 자신 속에서 끓어오르는 창조의 욕구에 충실했다. 언제나 더 멀리 내다보고 더 높은 곳

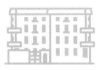

Casa Museo
Boschi di Stefano

Palazzo Vecchio

Castello Sforzesco

Piazza del Duomo

Teatro alla Scala

Santa Maria delle Grazie

Stazione di Milano Centrale

을 우러렀다. 미켈란젤로가 도달하고자 했던 지점은 권력자가 원했던 바를 훌쩍 뛰어넘는 곳에 있었다. 그가 펼쳐낸 창조의 힘은 500년 후의 우리에게까지 전해진다. 이것이 미켈란젤로의 '위대함'이다. 마리오 시로나나 후지타 쓰구하루와는 역시 다르다.

「론다니니의 피에타」에게 이별을 고할 시간이 왔다. 서른두 살부터 서양미술 순례를 시작하여 지금은 예순을 넘긴 나이가 되어버렸다. 이 피에타와, 그리고 미켈란젤로와 진정으로 만났다고 생각할 수 있게 되기까지 30년이 필요했던 셈이다. 미켈란젤로는 지금 내 나이에서 30년 가까운 세월을 더 보내고 난 후에 이 '미완의 완성작'을 인류에게 남겼다.

어슴푸레한 전시실에서 나오니 현기증 나는 강한 햇볕 아래 즐거워 보이는 사람들이 오가고 있다. 내일은 말펜사 공항 근처에서 하루를 묵고 모레 일본으로 향하는 비행기에 오른다.

2014년 봄에 떠났던 이탈리아 여행으로부터 거의 4년이 흘렀다. 당연한 말이지만 나도 그만큼 나이를 먹었다. 4년이라는 시간 동안 세계는 더욱 나빠져갔다. 한반도를 중심으로 동아시아에서는 또 다시 전쟁이 일어날 듯한 위기가 닥쳐오고 있다. 그간 나는 다가오는 위기를 강하게 의식하면서 여행을 거듭했고 이 책의 토대가 된 에세이를 써왔다.

뛰어났던 거장 미켈란젤로도 "인간적인 연약함을 지닌 채 소심하게 자기보신"을 했던 사람이었다. 전란을 막을 힘 같은 건 없었다. 미켈란젤로는 오로지 제작에 자신을 바쳤고, 대리석 덩어리를 하염없이 깎아내며 수수께끼와도 같은 미완의 피에타를 우리에게 남겼다. 말할 것도 없지만 내가 쓴 글 따위는 그의 발끝에 한참 못 미친다. 다만 나는 미켈란젤로나 그 밖의 위대한 예술가들 앞에 겸허한 마음으로 서서, 때로는 즐거워하고 또 어떤 때는 분노하거나 슬퍼하면서 그들이 이루어낸 행위에서 느꼈던 놀라움과 동경의 마음을 독자 여러분께 전할 따름이다.

인간은 이다지도 어리석고 무력하다. 세계를 개선하는 데 도움이 될 수 없다면 예술에는 어떤 존재가치가 있는가? 그렇게 물으면 나에게는 즉시 대답할 길은 없다. 하지만 만약 예술조차 존재하지 않는다면 인간에게 어떤 가치가 있는가? 라고 조그마한 소리로 중얼거릴 수 있을 뿐이다. 이 책은 그런 '작은 목소리'다.

내가 여행에서 일본으로 돌아온 후, 프리모 레비의 단편집 『릴리트-아우슈비츠에서 본 환상』이 간행됐다.(다케야마 히로히데 옮김, 고요쇼보, 2016년, 한국어판, 『릴리트』, 한리나 옮김, 돌베개, 2017년) 3부로 구성된 책이다. 제1부는 아우슈비츠 체험을 주제로 한 작품들, 제2부는 SF 판타지로 분류되는 작품들, 제3부는 실존 인물이나 일상생활을 주제로 한 작품으로 묶였다. 3부의 글을 읽으면 점성술사나 연금술사가 활동했던 중세의 유럽이 지금도 그곳에 숨 쉬고 있는 듯 느껴진다. 길거리 공연에 군중이 몰려드는 로마나 피렌체의 광장이 눈에 선하게 떠오른다. 예를 들면 페데리코 펠리니 Federico Fellini (1920~1993)의 영화를 보는 듯한 묘미가 있다.

1부에서 강제수용소에서 만났던 이들에 관한 추억을 이야기한다. 로렌초라는 벽돌공에 관해서는 이런 말을 한다. "그는 결혼하지 않았고 언제나 혼자였다. 천직이었던 벽돌 일은 인간관계를 힘들게 할 만큼 그에게 중요했다. (중략) 만일 어떤 십장이 뭐라도 한마디 하면 아무리 정중한 말투라도 로렌초는 대꾸도 하지 않고 모자를 챙겨 쓰고 자리를 떠나버렸다. 겨울이면 일감을 찾아 여권도 신분증명서도 없이 걸어서 혼자 떠나 발길 닿는 대로 적당한 곳에서 잠을 청하고, 밀수업자가 다니는 고갯길을 따라 국경을 넘었다. 봄이 되면 같은 방법으로 돌아오곤 했다."

로렌초는 비유대계 외국인 노동자로 강제수용소에서 일하고 있었기에 레비와 같은 유대인들보다는 나은 처우를 받았다. 그렇지만 유대인 죄수들과 이야기하거나, 혹여 도와주거나 하는 일은 절대로 금지되었고, 만약 규율 위반을 들키기라도 하면 로렌초 역시 생명이 위험할 정도로 엄벌에 처해질 입장이었다. 그럼에도 로렌초는 위험 따위에는 구애받지 않고 대수롭지 않다는 태도로 오랫동안 레비를 비롯한 유대인들에게 식량을 나누어주었다. 벽돌을 쌓을 때와 같은 완고함으로, 게다가 거의 아무 말도 없이 묵묵하게. 전쟁이 끝나고 귀향했던 레비는 은인이었던 로렌초를 찾아갔다. 변함없이 과묵했던 그는 정신적으로 지쳐 마음의 병을 얻은 상태였고 얼마 지나지 않아 세상을 떠났다. 로렌초에 관한 레비의 서술에는 마치 복음서와 같은 고결함이 담겨 있다. 이렇게 말하기는 했지만 로렌초가 어떤 종교적 교의나 신앙에 뿌리 내린 삶을 살았다는 의미는 아니다. 그는 어떤 권위나 명령에 의해 '선행'을 베푼 것이 아니라, 아마 자기가 하는 일을 '선행'으로 의식조차 하지 않은 채 스스로의 본능적인 충동에 따라 선을 베풀었던 셈이다. 인간에게 그런 일이 가능할까? 인간은 그런 존재인 걸까?

로렌초의 '선행'은 레비의 저술에 의해 비로소 세상에 알려졌고 지금은 그가 나고 자랐던 고향에 기념비도 서 있다고 한다. 참배하러 찾아가는 사람들이 나타났고 교회당이 세워졌다고 해도 이상한 일이 아니다. 신앙이란 원래 그렇게 생겨나는 것인지도 모른다.

책을 읽으며 레비의 진면목은 로렌초의 귀환에 관한 글과 수용소의 친구 체사레의 귀환 이야기가 짝을 이루는 곳에서 드러난다고 생각했다. 소련군의 힘을 빌려 레비와 함께 아우슈비츠에서 해방된 체사레는 러시아 각지를 전전하며 억류 생활을 보내다가 겨우 이탈리아로 송환될 수 있었다. 하지만 귀환 열차는 견디기 힘들만큼 더뎠고 언제 도착할지 기미가 보이지 않았다. 애가 탔던 체사레는 도중에 내려 지금부터는 내 힘으로 고향으로 돌아가겠다고 선언했다. 그것도 비행기로. 말도 통하지 않고 아는 이 하나 없는 외국이었다. 게다가 현금은커녕 돈이 될 만한 어떤 것도, 신분증명서조차 없었다. 비상식을 넘어 거의 자살행위에 가까웠다. 하지만 자신만만하게 "그럼 로마에서 만나세."라는 말을 남기고 열차에서 내려 길을 떠났다.

훗날 체사레는 고향 로마로 돌아오는 데 성공했다. 만나러 온 레비에게 그는 루마니아에서 어느 돈 많은 집안 여성을 꾀어 사기 결혼을 통해 귀향 비용을 마련했다고 털어놓았다. 체사레에게는 그다지 어려운 일도 아니었다. "체사레는 루마니아어를 모르고 이탈리아어만 할 수 있었음에도 이런 소통의 어려움은 장애는커녕 오히려 자원이 되었다. 왜냐하면 상대방이 잘 알아듣지 못하면 거짓말을 하기가 더 쉽기 때문이다. 더욱이 유혹의 기술에서 명확한 언어란 부차적 역할을 할 뿐이다."

말 없는 성인 로렌초와 달변 사기꾼 체사레. 성과 속, 고결함과 난잡함의 대조다. 하지만 레비는 이 두 사람을 대조적으로 보지 않는다. 인간성이 지닌 불가사의하고 매력적인 양면으로 바라본다. 강제수용소에서 인간의 잔학과 냉혈을 극한으로 체험했음에도 저자는 인간이라는 존재에 대한 흥미와 애정을 잃지 않는다. 놀라운 일이다.

레비의 이야기를 읽고서 (이런 말은 주의 깊게 써야만 하겠지만) '아, 이탈리아적이구나.'라고 생각했다. 로렌초도 체사레도, 그들에 대해 서술하는 레비까지도 "이 얼마나 이탈리아적인가!"라는 느낌을 주었다. 물론 현실 속 '이탈리아'의 전부일 리 없고, 어떤 한 측면에 지나지 않을지도 모른다. 그러나 '이탈리아'에 관한 상상은 적어도 내 마음속에서 그런 이야기를 불러일으키며 나를 끊임없이 매혹한다.

책의 제목을 '인문 기행'으로 붙였다. '기행'인 이상 단순히 인문적인 사실과 현상에 대한 고찰에 머물지 않고, 설령 단편적이라 할지라도 직접 찾아가 그 지역의 풍토를 온몸으로 느끼며 과거와 미래로 상상을 펼쳐나가는 일이 필요하다. 이 책은 '나'라는 인간이 '이탈리아'(실제로는 로마와 그 너머 북쪽 지역으로 한정되고 말았지만)라는 장소를 몇 번씩이나 다시 찾아 이렇게도 저렇게도 생각해보았던, 인간을 향한 마음의 기록이다. 당연히 '나'의 주관적인 프리즘을 통해서 본 이미지이며, '이탈리아'를 이야기함과 동시에 '나'에 대해 말하는 것이나 다름없다. 모쪼록 독자 여러분께도 재미있고, 무언가를 발견할 수 있는 이야기가 된다면 고마울 따름이다.

아아, 이탈리아. 항상 나를 지치게 만드는 이탈리아. 여행을 끝마치고 돌아올 때마다, 이제 다시는 갈 일은 없을 거야, 라는 생각이 드는 이탈리아. 그렇지만 잠시 시간이 흐르면 잊기 어려운 추억이 되어 반복해서 되살아나는 이탈리아. 이런 생각은 인간 그 자체를 향한 애증과도 어딘가 닮았다.

2017년 12월 도쿄에서

서경식

지난 책『나의 조선미술 순례』(최재혁 옮김, 반비, 2014년)를 마무리하면
서 서경식 선생은 조금은 지쳤다고, 지팡이를 내려놓고 근처 나무 등
걸에라도 앉아서 잠시 쉬고 싶다고 말했다. 미술가들과의 만남과 대
화를 통해 우리의 미의식을 탐문했던 '조선미술 순례'는, 생각해보면
잘 짜인 일정표와 든든한 동행이 있는 단체 여행과도 비슷했다. 함께
했던 여행은 '우리/미술'을 끊임없이 탈구축하기 위한 성찰에 연료가
되었을 뿐만 아니라, 글 속에 밝고 희망적인 기운을 종종 드러나게 만
들었다. 하지만 섬세하고 조심스러운 성격의 저자에게 단체 여행은
얼마간의 부담과 피로감을 주었을지도 모르겠다. "끝나지 않은 여행
의 중간보고"라고 덧붙였기에 안심하면서도 혹시 쉼이 길어질까 조
바심이 일었던 것도 사실이다. 다행히도 기우였는지, 쉴 틈도 없이 그
는 '인문기행'이라는 이름으로 다시 여행을 시작했다.

　낡은 슈트케이스와 늙은 몸을 대비하며 시작하는 이 기행문은
첫머리부터 쓸쓸하다. 카라바조와 모란디, 체사레 파베세, 미켈란젤
로와 재회할 수 있던 여행이었지만 동시에 서경식 선생은 이탈리아의

길목 곳곳에서 "젊고, 성급하고, 무지했다"던 30년, 혹은 20년 전의 자신과도 다시 만난다. 속절없이 지나간 세월과 이제는 사라져버린 사람들, 그리고 점점 나빠져 가는 세계. 이런 막막한 상황 아래 떠난 길이라면, 여행의 설렘과 같은 감정이 들어설 자리는 의당 쓸쓸함이 채울 것이다.

번역을 하면서는 우리에게 찾아온 선생의 첫 책 『나의 서양미술 순례』를 종종 펼쳐보았다. 제목 상으로는 『나의 조선미술 순례』가 뒤를 잇는 역할을 했겠지만, 혹시 오래된 독자들에게는 이번 글 모음이 첫 책의 충실한 속편으로 여겨지지 않을까 생각했다. 옛 친구와도 같던 미술가와 미술품, 거리의 풍경들을 소환하며 거슬러 올라가고 다시 되돌아오는 시간여행의 기록이라는 점에서 그렇다. 그러나 무엇보다 결정적인 연결점은 여행길을 관류하는 쓸쓸하고 회의적인 정서다(이런 의미에서 이 책은 최근작 『다시, 일본을 생각한다』(나무연필, 2017)에서 볼 수 있었던 '논객' 서경식의 날카롭고 결기 있는 문체와의 낙차를 비교하는 재미도 줄 수 있을 것이다). 어쨌거나 어떤 비관주의라고 부를 법도 한 정조와 분위기는 "역사는 반복되는 것이다. 최악의 형태를 띠고서."라는 말로 나타난다. 하지만 이 막막한 심정의 토로 역시 절망으로 끝나지는 않는다. 지금껏 그가 견지해 왔던 태도, 말하자면 '그럴 줄 알고도' 버티고 싸우면서 불가피하게 감당해야 할 삶과 역사에 대한 성찰로 연결된다. 패배를 예감하면서도, 승산 없는 싸움에 달려드는 이는 고독한 투사만이 아니다. 이는 문학과 예술이 처한 숙명과도 같으며, '좋은' 문학과 예술이 가진 힘이자 미덕일 수도 있다. 이미 많은 평자들이 서경식 선생의 글을 두고 언급했던 표현인 "슬픔도 힘이 된다는 역설"(한승동)이나 "고통스런 아름다움"(권성우)이 떠오르는 지점이다.

　　마지막으로 아마도 영국과 미국, 남아메리카 등 그가 밟았고, 혹은 발 디딜 땅을 통해 이어질 '인문기행'이라는 제목에 관해 짧게나마 생각을 보태고 싶다. 최근 어떤 개념어와도 뒤섞이며 소비되고 있는 '인문학(적 정신)'의 원뜻은 무엇일까. 나름대로 내린 답이라면 인간이란 무엇인가에 대해 끊임없이 질문하는 태도라고 말할 수 있겠다. 그렇다면 이 시대의 문제를 해결할 만능 답안이나, 인간에 대한 낙관과 긍정이 아님 또한 자명하다. 저자는 페라라 에스텐세 성에서 주지육림에 빠져 지하 감옥 속 동생들을 떠올렸을 알폰소 1세의 냉혹함을 상상하면서 "이것이 인간이라는 존재다. 그렇지 않은가?"라고 묻는다. 저런 뼈아픈 질문에 어떻게 답해야 할까. 동의해야 할까, 부정해야 할까를 고민하는 우리는 저자 후기의 마지막 문장에서 실마리를 얻을 수 있다. 이탈리아가 전해주는 상념을 인간에 대한 애증과 절묘하게 포갰던 서경식 선생은 인간의 '양면성' 자체에 대한 이해와 인정

(나아가 이를 향한 매혹)이라는 처방전을 제시한다. 그 처방전은 인간이 인간에게 가하는 참혹한 고통에 짓눌리면서도 인간에 대한 애정과 흥미를 놓지 않았던 프리모 레비와 나탈리아 긴츠부르그의 문학이나, 폭력과 불안의 시대를 버티기 위해 유머를 잃지 않던 마리노 마리니의 조각과 같은 예술작품의 형태로 구체화되어 다가온다. 이 책의 특징 중 하나인 풍부한 참고 사진과 도판은, 서경식 선생의 긴 시간여행과 인문기행을 뒤쫓기 위한 훌륭한 길잡이 역할을 해준다. 반비 편집부의 노고에 감사드린다.

2017년 12월

최재혁

나의 이탈리아 인문 기행

1판 1쇄 펴냄 2018년 1월 12일
1판 4쇄 펴냄 2022년 6월 24일

지은이 서경식
옮긴이 최재혁

편집 최예원 조은 조준태
미술 김낙훈 한나은 이민지
전자책 이미화
마케팅 정대용 허진호 김채훈 홍수현 이지원 이지혜 이호정
홍보 이시윤 박그림
저작권 남유선 김다정 송지영
제작 임지헌 김한수 임수아 권혁진
관리 박경희 김도희 김지현
펴낸이 박상준
펴낸곳 반비

출판등록 1997. 3. 24.(제16-1444호)
(06027) 서울시 강남구 도산대로1길 62 강남출판문화센터
대표전화 515-2000   팩시밀리 515-2007
편집부 517-4263   팩시밀리 514-2329

만든 사람들
책임편집 김희진
디자인 민혜원